小学館文庫

祇園「よし屋」の女医者

藤元登四郎

目次

祇園「よし屋」の女医者 003
解説 歴史小説と精神医学小説の融合というウクロニーの新境地 岡和田晃 342

祇園「よし屋」の女医者

突然、母親の顔から笑みが消えた。月江《つきえ》は嫌な予感がした。小島源斎《こじまげんさい》が気持ちよさそうに続ける。

「月江をわしに預からせてくれ、と言った真意をよく考えてくれんかなあ。もう漢籍も読みこなせるし、男でもこれほどの者はいない。それに能筆だ……」

喜久江《きくえ》は源斎をにらみつけ口を一文字に結んでいる。月江はただ固唾《かたず》を呑《の》んで見守るだけだった。

盃をぐっと飲み干すと、源斎は軽やかに付け加えた。

「年末に河原町のところで、ひょっこり現夢《げんむ》和尚と会ったが、月江はどんどん進んでいるらしい。もう『無門関《むもんかん》』も読みこなすということだ」

喜久江の顔の赤みが強くなった。

「お茶屋の娘にはもったいない。才能がみすみす埋もれていく。わしに預けてくれたら、立派な女医者にしこんでやる……」

「なんちゅうことを言わはるんどす？」

ついに爆発した。喜久江が早口でまくし立てる。

「聞き捨てなりまへんなあ。源斎はんはお茶屋をえろう下に見てはるんちゃいますか。そら、お医者さんに比べたら水商売どっせ。けど、お茶屋は酒や色気ばかりで成り立っているわけやあらしまへん。ちゃんと女将《おかみ》がいて、舞妓《まいこ》や芸妓《げいこ》に礼儀作法、芸を習わせて、伝統を守ってきてるんどす」

月江はただおろおろするばかりだった。

喜久江はこめかみに青筋を立てて続ける。

「うちみたいな小さなお茶屋にも五分の魂がございます。宝暦元年（一七五一年）に創業してから五十年以上も続けさせてもろてます。先代からのお客様もたあんとおいでやす。源斎はんのお父様も、おじい様も、よし屋のお客さんどした。これは信用の賜《たま》物《もの》どす。お茶屋で一番大事なんはお客さんの信用どす。家娘の月江が後を継いでこそ、よし屋の信用を守っていけるんどす。そうどっしゃろ？」

源斎は手団扇《うちわ》で喜久江をあおぎながら早口で言った。

「まあ、まあ、そう怒るな。そのことは誰よりも、このわしが、よーく、わかっておる。それを承知の上で、あえてこうして頼んでおるのだ。何とか頼む」

いきなり源斎は両手をついて頭を下げた。しかしそれが、逆に母親の怒りに油を注いだ。

「わかっていやはらへん。そもそも、ちっさい時からうちを馬鹿にしたはりましたもんね」

「いつ、わしがお前を馬鹿にした。言うてみい」

「ほな、言わせてもらいます。七歳の正月どした。羽根つきをしてたら、羽根を摑《つか》んで逃げて行かはった。それも一人やったら、ようしいひんくせに、仲間とよってたかって……阿呆《あほう》まるだしどっしゃん」

「何？　そんなことをした覚えはないわい」

二人の激しい言い争いが始まった。中身は子ども時代の他愛ない事ばかりだ。

「お母さん、やめておくれやす」

月江が膝に取りすがったが、母は聞く耳を持たなかった。立て板に水でまくし立てる喜久江に対して、源斎はたちまちしどろもどろになった。

「もう、よし屋とは金輪際、縁切りだ」

源斎がどなった。

月江は全身がこわばり、すっと血の気が引くのを感じた。

源斎は立ち上がりきびすを返したが、母親はそっぽを向いたまま見送る気配はない。

後を追いかけようと月江が腰を浮かすと、喜久江が袖をつかんだ。

「送らんかてよろしおす！　そこにお座り！」

源斎は足を踏み立てて出て行った。月江はただ藍染の羽織を見送るしかなかった。

玄関の戸が激しい音を立て閉じた。月江は半泣きになった。

「もう、源斎先生はお見えにならへんわ。うちのせいや、どないしよう」

「子どもの頃から、あの人、弱虫やった。よう泣かしてやったもんや。今は医者になって、先生面をしたはるけど、根はそんなに変わるはずあらしまへん。もう縁切りや」

母親が月江の方へ向き直った。

「それより、月江、もうそろそろ舞妓はんに出んと。ついつい、あんたが勉強したいと思てんのがようわかるさかい、延ばし延ばしにしてたけど、あんまし遅うなると、こんなことになるのが、せいぜい落ちどっせ」

月江はうつむいたまま答えなかった。

「気がついたら、今年でもう十六になってるやないか。学問も終わりにしよし。正月が済んだら、現夢和尚さんのところにお断りに行かんとあきまへん。お茶屋の娘らしゅうせんと……和尚さんもようわかってくださるはずや」

月江は歯を食いしばったまま答えなかった。

「松の内が明けたら、お見世出しの段取りしまひょ。よろしおすな」

月江は母親の強い眼差《まなざ》しに耐えられなくなった。しぶしぶ、

「はい」

と答えた。

ぼんやりと家を出た。毎年元日の昼前になると、独り身の源斎はよし屋に来て、屠蘇《とそ》と雑煮で新年を祝うことになっていた。源斎を送り出した後はいつも喜久江と祇園《ぎおん》社《しゃ》まで初詣に行った。

晴れ渡って明るい日が射《さ》し、時おり身を切るような冷たい風が吹き抜けた。末吉町の細道にずらりと並んだお茶屋はひっそりして、行きかう人もほとんどなかった。凧《たこ》や羽子板をもった子どもたちがわいわい声をあげながら通り過ぎて行った。

月江の足はいつの間にか切通《きりとおし》を抜けて四条通りの方に向かっていた。

幼い頃の思い出がよみがえってきた。源斎は御幸町《ごこまち》で療治所をやっている町医者だった。患者の往診に行く道すがら、しばしばよし屋に立ち寄って、母親の点《た》てたお茶を飲んで一服するのが常だった。玄関先で遊んでいる月江にしばしば団子や飴《あめ》などのお菓子を持ってきてくれた。源斎が帰る時はいつも喜久江と並んで手を振って見送った。後ろから薬箱を持ってついていく八重《やえ》が羨《うらや》ましかった。その頃から源斎は月江の憧れの人になった。

六歳の頃だった。月江が挿絵入りの仮名草子を朗読しているのを目ざとく見つけると、

「おや、もう字が読めるのか」

と源斎は目を丸くした。

「お母ちゃんに読んでもろてたら、読めるようになったんどす」

「そうか、これからはわしが仰山持って来てやるからな、どんどん読めよ」

源斎はそう言って、頭をなでてくれた。

それから時々新しい仮名草子を持って来てくれるようになった。

「月江はちょっと違うなあ。紫式部《むらさきしきぶ》や清少納言《せいしょうなごん》のようにとてつもない才能があるかもしれん。ひとつ学問をさせてはどうだ」

そう源斎が母親に言った。

「お茶屋の娘には学問などいらしまへん。読めて、書けるだけで充分どす。なまじっか知恵がついたら、ろくなことあらしまへん」

「もったいないなあ。どうせ一人で遊んでいるのだろう。だったら、勉強させればいいじゃないか。わしが教えてやってもいいのだが、とてもそんな時間は無いしなあ」

月江はもっと難しい本を読んでみたくてたまらなくて、次の言葉をわくわくして待った。

源斎はおもむろに顔をあげた。

「そうだ、現夢和尚に頼んでみるか。近所の子どもにただで字を教えておる」

母は聞いてか聞かずか、何も答えなかった。

それから数日して再び源斎がやって来た。母親と月江を呼ぶと、手習い草紙（帳面）に載せて矢立（筆と墨入れ）を差し出した。

「現夢和尚が承知してくれた。和尚もよし屋のお客だろう。生臭坊主だが、それだけにものわかりもいい。明日の朝、月江を寄越《よこ》してくれということだった」

「勝手なことしゃはって。そんな話、うちは聞いてまへん」

喜久江が語気を強くしてつっぱねた。源斎は月江に向かって目くばせをした。月江はとっさに言った。

「この間、先生が『学問をさせてはどうだ』っておっしゃいましたえ」

母親は月江をにらみつけた。

「ほら、月江も聞いておるじゃないか。わしだって、現夢和尚に頼んだ手前、いまさら引っ込みがつかん」

「そんなこと言わはっても、うちは承知した覚えはありまへん」

だが結局、喜久江は源斎に押し切られた。

月江は訊《たず》ねたことがあった。

「先生はうちのお父さん？」

喜久江はやんわりと答えた。

「小さい頃からの友達や、一緒に常無寺《じょうむじ》の境内で遊んでただけや」

「けど、みんなお父さんがいやはるのに、何でうちにはいやはらへんの？」

「このよし屋の女将はな、代々祝言をあげへん。生まれた女の子を跡継ぎにして、よし屋の暖簾《のれん》を守ってきたんや。世知辛い世の中では、そうせんと生きて行けへんのんえ。あれもこれもという訳にはいかへん。あんただけやあらへん。うちもお父さんは知らんのや。まあ、もうちょっと大きいなったらわかるわ」

それから月江は二度とそのことを訊ねなかった。


翌朝、現夢和尚のところに面会に行った。

常無寺は寺町にある禅寺だった。住職の現夢和尚は子どもと一緒になって遊び、「げんむさん」と呼ばれて慕われていた。

現夢はよし屋の常連でしばしばやって来た。

「わしのことを生臭坊主、と陰口を言う者がある。それで結構。わしはこの世を抜け出して、仙人になる気はない。お天道様と一緒に新しい日を迎える。気が向いたら女将とうまい酒を飲む。可愛《かわい》い娘と戯れる。これ、また楽しからずやだ」

現夢がそう言って豪快に笑うのを聞いたことがある。

「和尚さんはなあ、命がけの修行をしゃはった人やさかいに何も怖いもんあらへんにゃわ」

母もそうあきれていた。

月江は母親に手を引かれて山門をくぐった。

境内には大きな樫《かし》の木があり、秋になると大きなどんぐりが落ちた。集まった子どもたちに混じって、月江もどんぐりゴマやヤジロベエや首飾りを作ったことがある。

「うちも小さい頃、ここで源斎はんやらと、ようどんぐり拾いを競うたもんや。あの人は不器用でな、他の子に取られて泣きべそをかいていた。うちが分けてやったもんや」

と母親が微笑した。

現夢和尚は平衣姿で書院に正座していた。角ばった顎は白鬚《しらひげ》でおおわれ、大きな眼《め》が何もかも見透かすかのように鋭く光っていた。二人が並んで入って行くと柔らかい笑みを浮かべた。

「源斎から話はうけたまわっておる。しかし一番大切なのは能力のあるなしではない。勉強したいという素直な心じゃ」

「和尚様。学問を教えてくださいませ」

月江はごく自然に頭を下げた。

「よし」

現夢は机に向かうと筆を取り上げた。

何かさらさらと書いて、月江の前にさし出した。

「良寛さんの歌じゃ。読んでみよ」

「つきてみよ　ひふみよいむなや　ここのとを　十とをさめて　また始まるを」

月江はすらすらと詠んだ。

現夢は笑みをたたえて訊ねた。

「何の歌だろう」

「鞠《まり》つきの歌どっしゃろ。一から十までついたら、また一からつくことやと思います」

現夢の顔がほころんだ。

「正月が来ればまた次の正月が来る。新しい正月は古い正月から生まれるが、もう古い正月じゃない。こうして森羅万象、すべて新たに生まれ変わるのじゃ。どう思うか」

月江は頬に指を当てて考えた。

「鞠つきは楽しおす。何べんやっても飽きしまへん」

現夢は目を丸くして母の方を向いた。

「うむ。源斎が褒めるだけのことはある。女将もいい娘を持って幸せじゃ。毎日来させなさい」

「へえ、よろしゅうおたの申します」

と母親は頭を下げて、さらに続けた。

「和尚さんもよし屋にお越し下さいませ。加賀《かが》のおいしいお酒が入っております」

「それはそれは、すぐおうかがいしよう。今夜にでも」

現夢は相好を崩した。

「おおきに。お待ち申し上げます」

母に合わせて月江も頭を下げた。

それから月江は一日も欠かさず常無寺に通った。


あれから十年の歳月が流れていた。

思い出をたどるうちに四条通りに出ていた。

周りは振袖、羽織袴《はかま》で正装した人々が新春の歓びに浮かれるように歩いていた。物憂げに歩いているのは自分だけだった。祇園社に初詣に向かう者と、済ませて戻って来る者が肩を擦り合うように行きかっていた。月江は流れに押されて西門に向かった。

石段の左右には、「初詣」と白抜きした朱色ののぼりがずらりと並んでいた。石段を上って朱門をくぐると、人いきれに混じって生暖かい食べ物や酒の匂いが漂っていた。ひしめき合うように並んでいる露店はどこも人だかりがしていた。しっかり手をつないだ母子がおもちゃや人形の品定めに忙しい。男たちは濁り酒や搾りたての店で粋がっている。年頃の娘たちは甘酒にぜんざい、簪《かんざし》、占いと、いちいち黄色い声を上げていた。

参道を右に曲がり短い階段を登ると正面広場に出た。右手の社務所には破魔矢やお札を買い求める人が群がっている。

《お母さんがいたら干支《えと》の根付けを見たり、おみくじを引いたりできるのに》

広場の中央に舞台があった。毎年節分にはここで、祇園、宮川町、先斗町《ぽんとちょう》など花街の舞妓や芸妓が奉納の舞を舞った。舞妓になったら自分も出ることになるのだろう。

左奥が本殿だった。緩やかに弧を描いた屋根の下には、三つの金色の大鈴がかかり、その間に二本の大きな破魔矢が斜めに立ててあった。お賽銭《さいせん》箱の前には幾重にも人が列を作って初詣の順番を待っていた。

月江もその後ろに加わった。ふと横を見ると、隣の列の若い男が目を腫らして泣いていた。

《正月早々、悲しいんはうちだけやあらへんにゃわ》

月江は仲間ができたような気がした。

順番が来ると、男は手ぬぐいで顔を拭いて礼拝した。整った綺麗《きれい》な横顔で澄んだ目をしていた。

月江も祈った。

「何とぞ、源斎先生のお手伝いをさせていただけますように」

源斎の申し出をあきらめきれてはいなかった。源斎は無口だったが、読書家で博覧強記、どんな質問にも丁寧に答えてくれた。女医者になれというようなことを言ったが、月江自身そこまでは望んでいなかったし、またそんな能力があるとも思わなかった。ただ源斎の傍《そば》に居ていろいろ話を聞いて、人助けの手伝いをしてみたかった。

お参りを済ませても、足は家には向かなかった。鴨川《かもがわ》を渡り寺町通りまで歩いた。軒を連ねた家々の玄関先には立派な門松が立ち、幔幕《まんまく》を掛け、しめ縄が飾られていた。その前を年始回りの人々が紋付姿で行きかっていた。

常無寺の山門をくぐった。いつもの賑《にぎ》やかな子どもたちの声はなく、境内は静まり返っていた。庫裏に回ると小坊主の知念《ちねん》がかまどの火にあたっていた。月江と目が合うと、

「和尚様はお茶室においでです」

とばつが悪そうに早口で言った。

竹林の路地の奥に草庵風の茶室があった。月江は給仕口の方から呼びかけた。

「おめでとうさんどす。お年始に参りました」

「おう、入りなさい」

茶室に入ると現夢はさび朱の法衣に、金色の紋の入った輪袈裟《わげさ》をかけて、炉に向かって正座していた。炉の釜がふつふつと音をたて、湯気が立ち昇っている。

「明けましておめでとうございます。今年もよろしゅうおたの申します」

「ほほう、晴れ着がよく似おうておるのう。ちょうど、新年の釜をたてているところだ。お茶は一人で楽しむのもよし、可愛い娘と一緒に味わうのもさらによし。一服点ててくれるか」

「はい」

月江はおっちんが出来るようになると母親から点前《てまえ》の手ほどきを受けた。お点前の所作も日常の動作と変わらずやれた。

静けさの中、和尚にお茶を供していると心に落ちつきが戻った。

和尚が月江に茶を点ててくれた。抹茶の温《ぬく》もりが喉を過ぎて体の芯まで染み入った。

一段落したところで、月江は一礼した。

「長い間ありがとうございました。いよいよ、今年から舞妓さんに……」

言いかけたが、後が続かなかった。

「うち、ほんまは、いやや……」

月江は両手で顔を覆った。

現夢は何も言わずに炉に炭を足した。釜の湯気が大きくなり茶室がさらに暖かくなった。

「尼さんになりとうございます」

月江は落ち着きを取り戻すときっぱり言った。

「それは、また、どうしてじゃ」

「お母さんと源斎先生の間に挟まれてしんどうて、かなんのんどす。源斎先生は、療治所に勉強に来いとおっしゃるし、お母さんは早よ舞妓になれと言わはるし……舞妓はんになったら、和尚さんのところに勉強にも来れへんようになってしまうし……」

「うむ」

「尼寺に入ったら、学問は続けられますやろ？ そしたらいずれは、源斎先生のお手伝いもできるようになるのと、ちゃいますやろか」

現夢が釜から顔を上げた。

「初めてわしのところに手習いに来た時、良寛様の歌を教えてやったなあ。覚えているか」

「はい、よう覚えてます」

ひらめくものがあった。月江はとっさに座ったまま後ずさりをして手をつき、和尚の目を見た。

「もう学問という手鞠は十までつきました。今度は舞妓さんとなっての手鞠が一から始まるということどす」

現夢がはたと膝を叩いた。

「よし。わしはお前が十三歳になった時に、舞妓になると思っておったが、まだ勉強を続けたいという思いが優っておった。お母さんはお前の気持ちを察して、今まで続けさせてくれたのだ」

月江は顔を赤らめ下を向いた。

「先祖代々続くお茶屋の家娘だろう。御先祖様は大切にせんといかん。月江があとを継ぐように願っておられる。今まで十分に本は読んで来た。だが、それだけで慢心してはならぬ。森羅万象、忘れてはならぬことがある」

「どんなことどすか」

「不昧因果《ふまいいんが》」

間髪を入れず現夢は一喝した。

「どんな意味でございますか」

月江は訊ねた。

「この世にいる限り、因果から逃れることはできない。その道理をわきまえよということじゃ」

「しっかり学問したら逃れられるのやありまへんか」

「お前が人間として生まれたことも、女として生まれたこともこれまた因果じゃ。どうして逃げられるか」

「お茶屋の娘に生まれたのも因果ということでございますね」

「もちろん。因果を超えたかったら、因果を自覚して覚悟して受け止める。地獄に落ちたら苦しむ、極楽に行ったら楽しむ」

「お茶屋の娘として覚悟を決めて、後を継げるように一生懸命に生きることが、うちの生きる道ということどすか」

「そうだ」

現夢は断言した。

月江は首を捻《ひね》った。

「ほなら、これまで和尚様に学問を教わったのは無駄やったということになりまへんか？」

「書物を読んで学問したなどと思ったらとんだ間違いだ。実際に生活の中で、書物で学んだことを実践し、活《い》かすことこそが学問の根幹だ。されば本来の自己を取り戻すことができる。『万法すすみて自己を修証するは悟りなり』と正法眼蔵《しょうぼうげんぞう》の現成公案《げんじょうこうあん》にある」

釜の湯気の音が静まった。

月江は「あっ」と声をあげた。

らんらんと光る現夢の眼から目をそらすことができなかった。

「ようやく気がつきました。和尚様に教わったことを実際の生活に活かして、舞妓さんの仕事に励めばよろしいのですね。これが学問というものどすね。お母さんを恨むやなんて、うちが間違っていました。今は有難かったという気持ちでいっぱいどす」

「これからは舞妓修行に励め。だが人の世は山あり谷あり。いつ、どんなことが起こるかわからぬ。そんな時は遠慮はいらん、わしを訪ねてきなさい」

現夢は一転して優しく言った。

「おおきに、ありがとうございます」

月江は晴れ晴れとした気持ちで一礼した。

常無寺を出る時、瀟洒《しょうしゃ》な山門を見上げた。漢籍を前にして説明する現夢和尚の声がよみがえってきた。心の弾んだ十年だったが、いつしか夢のように過ぎてしまった。

思わず月江は手を合わせた。

松の内が明けると月江は見世出しをした。だらりの帯を締めて、母と一緒に近くの辰巳《たつみ》大明神に参詣した。

《舞妓さんになり、芸妓さんになり、よし屋の女将のあとを継がせていただきます。ご先祖様に心より御礼申し上げます。どうぞお守りくださいませ》

他のお茶屋の女将、舞や様々のお師匠、よし屋のひいきの客たち、そして現夢和尚のところに挨拶回りをした。

源斎のところに行けないことだけが心残りだった。見世出しの晴れ姿をひと目見てもらいたかった。しかしどうしようもないことだった。

新しい鞠つきが一から始まった。

第一章　小島療治所

一

「先生、おかげさまで、だいぶ黄色いもんが取れてきました」

　きちんとした身なりの男だった。何人もの有名な医者に診《み》てもらったがどうしても治らず、源斎の評判を聞いてやって来たのだった。食べたものを吐き、全身が黄色になり、鳩尾《みぞおち》が痛み黒い便が出て衰弱していた。源斎は黄疸《おうだん》病と診断して薬を与えた。

「吐き気も取れて、おかゆを食べられるようになりました。正月は寝込まんと済みました」

　源斎は揉《も》み上げを撫《な》でながら言った。

「そうか。どんどん食ってもっと体力をつけんといかん。薬はもう少し続けよう」

「ありがとうございます。薬礼《やくれい》（薬代）は全部、前の先生に差し上げてしまいました。気持ちばかりですが、野菜を少し持ってまいりました。申し訳ございません」

「おう、ありがとう。気を使わんでもよろしい。今度来る時は手ぶらで来なさい」

　男はもじもじした。源斎は入り口に坐っている八重に向かって言った。

「せっかくだからいただいておきなさい。前回と同じ薬を差し上げなさい」

八重が促して男は退室した。

源斎が備忘録に診察の結果を書き込んでいると、八重が次の患者を呼び込んだ。入ってきたのは、高級なひわ茶色の羽二重の羽織を着た赤ら顔の人物だった。

「いやはや、患者さんが多いですなあ。朝早う、おうかがいしましたのに、結構な時間をお待ち申し上げました。さすがに、ご評判だけございますなあ」

猫背でやたらに頭が低い。明らかなお世辞だったが、不快ではなかった。

視診では特に身体の異常はなさそうだった。ただ目元には憂いが漂い、何か悩みがあるような印象を受けた。

「どこかお具合の悪いところがありますか」

源斎は型どおりに訊ねた。

「実は、折り入ってご相談におうかがいしました。内密なことでございます。誠に申し訳ございませんが、お人払いをしていただけませんでしょうか」

男はちらりと八重の方を向いた。源斎は下がるように合図した。

八重がいなくなると男は語り出した。

「私は生糸問屋の『荻野屋《おぎのや》』を営んでおります幣次《へいじ》と申します。皆様にごひいきにしていただいております。先生にもご存じいただいているやもしれません。自分で申し上げるのも何ですが、この商いでは京でも三本の指に入る店でございます」

「室町の大きな店ですね」

源斎の言葉に幣次は満足した様子だった。だがすぐに膝の上で拳を握りしめ、ため息をついた。

それまでの流暢《りゅうちょう》な語り口とはがらりと変わり、たどたどしく話し始めた。

「一人娘がございます……小雪《こゆき》と申します。器量もそこそこで、お稽古ごとの師匠さん方からも、先が楽しみとお褒めいただくような娘に育ってくれておりました……あちこちから縁談もございまして楽しみにしておりました」

急に幣次は黙り込んだ。

源斎は筆をいじりながら話の続きを待った。

「その小雪がおかしくなったんです」

しばらくして幣次が苦しげに言った。

源斎はうなずいて、先を促した。

「どこから話せばいいのか……」

「最初から順にお話しください」

幣次は「はい」と首を縦に振ると、話し始めた。

「おかしくなったのは二年ほど前からです。どうもその前からおかしかったのかもしれません。最初はお稽古に行かなくなりました。部屋にずっと閉じこもるようになったんです。そのうち夜中に突然叫んだり、歌い始めたり、みんな眠れんようになりました。昼間もおかしくなって、店のほうへ出てくるようにもなりました。評判もございますし、すっかり困り果ててしまいました。けど、それだけならまだしも……」

　幣次は首を左右に振った。

「まだ何かあったのですか」

「着物をはだけたまま、道に飛び出すようになったんです。皆が止めると最初の頃はおとなしく従っていましたが、だんだん聞かなくなりました。叫び声を上げて、恐ろしく光る眼で私までにらみつけ、物を投げつけてきたり……。親にあんなことをするなんて、もう情けのうて」

　幣次はうなだれて絶句した。

　源斎は幣次が落ち着くのを待ち、頃合いをみて訊ねた。

「ところで小雪さんは何歳ですか」

「十七です」

「ということは、十五からおかしくなったんですね。治療はされたのですか」

「はい。ひどくなってからしばらくは途方に暮れておりましたが、そのうち狐憑《きつねつ》きではないかと言ってくださる人がおりました。私もなるほどそうかと思いまして、女房にあちこちの神社やお寺さんまでお祓いや祈禱に行かせました。評判の山伏にも来てもらいました。呪符、お札、お守りなども供えました。けど、さっぱり効き目はござ
いませんでした」
　ふたたび幣次の顔がこわばった。
「そうこうしているうちに、どんどん悪くなりました。激しく取り乱して首をくろ
うとしたり……それも一度や二度ではございません。もう、いっときなりとも目が離
せなくなりました。そのまま放っておくわけにもいきませず……」
　幣次は額に手を当てて目を閉じた。
　待合の間のざわめきが聞こえてきた。子どもの泣き声も混じっている。まだ多くの
患者が診察を待っている。源斎はそちらも気になったが、辛抱強く次の言葉を待った。
　幣次が口を開いた。
「屋敷内に座敷牢《ろう》をしつらえてそこに入れました。お恥ずかしい限りです。我が娘を
閉じ込めるなんて……ですが、どうしようもなかったんです」
「お話をお聞きする限り、仕方なかったようですね」
　座敷牢に入れたのが適切であったのかどうか、診察してみないとわからなかったが、
ここでは幣次を慰めるしかなかった。
「その後は首をくることはできなくなりましたが、相変わらず訳のわからないこと

を口走って騒ぎ立てております。広い屋敷でございますので、店先までは聞こえはいたしませんが……」

幣次はそこでため息をひとつ吐くと、ようやく落ち着いた口調で続けた。

「そのうち女房がお礼やお布施の金額が足りないのではないかと言い出しました。私の方は商売に追われて手が回りませんので、代わりに女房に金子を持たせてあちこち評判の高いところにやりました。わかってまいりましたことは、憑いているのは伏見《ふしみ》の高位の狐だということでございました。そんな折、常無寺の現夢様が、京の町では一番法力を持っておられるとお聞きしました。ここが勝負だと思いまして、女房にまとまった金子を持たせてやりました」

「どうでしたか」

「何の効き目もございませんでした」

幣次は沈痛な顔をして首を振った。

「これだけ祈禱やお祓いをしても駄目なのであれば、何かの病気ではないかと思いました。女房に相談しましたところ、狐憑きは医者に治せるはずがない、医者が治せるなら京の町にこんなにいっぱい神社仏閣があるはずはないと反対するのでございます。もうあきらめかけていましたところで源斎先生のお噂《うわさ》を耳にいたしました。京には朝廷医、幕府の官医、さまざまな藩の藩医など、偉い先生方が大勢いらっしゃいます。

ところが皆さん、手に負えない患者はこっそり源斎先生に診てもらっておられる、ということでした。それでもう矢も楯《たて》もたまらず参上した次第でございます」

幣次はそう言って、深々とお辞儀をした。

源斎はゆっくり腕組みをすると目を閉じた。

「貴殿のお話はうけたまわった。大変なお悩みのようで、心中お察し申し上げる。それだけやっても効果がなかったというのは、並々ならぬ病気であることは間違いないでしょう」

しばらく二人の間に沈黙が続いた。幣次が口を開いた。

「治していただけましたら、誠に僭越《せんえつ》でございますがお礼はさせていただきます」

療治所の雰囲気から、目ざとく源斎が困窮していることを見て取ったようだった。

幣次が念を押した。

「お望みの御礼を差し上げましょう。お誓い申し上げます」

源斎は重々しく、

「よし、やってみるか」

と応《こた》えた。

源斎は咳払《せきばら》いを一つすると訊ねた。

「娘さんは、こうなる前に何か、狐にたたられるようなことをしましたか」

「とんでもない。小さな頃から信心深い子でした。真面目《まじめ》で几帳面《きちょうめん》で、自分から率先して先祖のお参りなどもしておりました。どう考えても、たたられるようなことはしてございません」

「誰か親兄弟、親戚の方で、同じような病気になった方がいらっしゃいますか」

「いえ、おりません」

「特に、これは、と思うようなきっかけは」

「それが何しろ、私は仕事に追われておりまして、恥ずかしながら小雪のことはほとんど知らないのでございます」

幣次が急にそわそわしだした。

何かあるのかと源斎は感じた。

「早速、往診していただけますか」

「ごらんの通り、患者がたてこんでいる。四、五日待ってくれないか」

源斎が重い口調で答えた。

「一日でも早くなりませんでしょうか」

「うーむ、では明後日はどうだろう。午後からになるが」

「ありがとうございます。よろしくお願いいたします」

幣次が深々と頭を下げた。

帰り際に懐から小さな紙包みを取り出して、八重に渡したのが見えた。

仕事が終わると、源斎はいつものように診察した患者の記録を確認した。

八重がお茶を持ってきた。源斎と目が合うと、八重は恥ずかし気に目を伏せた。

「みたらし団子でございます。団子屋のおばあさんがお礼に持ってこられました」

ひざまずいて盆を置いた。

「お前もどうかい」

勧めると八重は恥ずかしそうに下を向いた。

「おおきに、後でいただきます」

八重は西洞院《にしのとういん》の松原にある表具屋の娘で、今年で三十一になるがまだ独り身だった。店は兄夫婦が継ぎ、十五年ほど前から源斎のところに奉公していた。

源斎は往診にいつも八重をともなった。八重は前もって患者の家を調べ、源斎は八重について行くだけでよかった。さらに八重は患者が処方されそうな薬も抜かりなく用意していた。

療治所には八重の他に、賄いのお清《せい》と下働きの千草《ちぐさ》が住みこんでいた。手当は安かったが、三人とも食べるには事欠かなかった。患者は薬礼として、米や味噌、醤油《しょうゆ》、野菜など、自分の作ったものを様々に持って来た。特に盆暮れになると食べきれないほどだった。みんな余りをもらって実家に帰るのを楽しみにしていた。

三人とも朝早くから夜遅くまでよく働いた。特に八重は働き者だった。台所で女同士の夕食を済ませるとすぐ薬部屋に入って薬草を刻み、薬方に合わせて修治《しゅうち》する。できた漢方薬はきちんと薬棚に整理した。

薬草を扱うのは医者の仕事だが、源斎は診察するのに忙しく手が回らなかった。薬種問屋は修治した薬を売り込んできたが、源斎には値段が高くて手が出なかった。やむを得ず薬草のまま買って、刻みや修治は全部八重に任せていた。

二

「大槻玄沢《おおつきげんたく》という方がお見えでございます」

「えっ」

八重の一言に源斎は驚きの声をあげた。慌てて玄関に出た。

「これはこれは、こんなところまでお出向きいただき光栄に存じます」

玄沢は蘭学の大家で源斎の恩師だった。剃髪《ていはつ》し、やせて頬骨が高く、濃い眉の下のくぼんだ目は人を射貫《いぬ》くように鋭かった。額のしわが増えた以外昔と全く変わらなかったが、もう五十歳に近いはずだった。

玄沢は歯切れのよい江戸言葉で、

「ここまで来て源斎のところに立ち寄らないとなると、叱られるからなあ」

と笑顔を見せた。

「立派な療治所だ。繁盛しているという噂を聞いて喜んでおった」

「恐れ入ります。とんだあばら家でございます」

「いや、いや、よくやっておる。一目見ればわかる。ご先祖様もさぞかし安心しておられるだろう」

源斎は一礼した。

「せっかく、京までお出《い》でになりましたので、一献差し上げたく存じます。ここではむさくるしいので、祇園のお茶屋にでもご案内しましょう」

「ほう、面白い」

玄沢は首をのばした。

よし屋に行くのは面白くなかったが、玄沢をもてなすところといえばそこしか思いつかなかった。

宵闇の中で満月が雲に隠れてはまた顔を出す。現れると家々の甍《いらか》が光る。玄沢と並んで歩きながら月影を見ると、まるで若い頃の自分の影と寄り添っているような気がした。

ふと在りし日の父親の姿が浮かんだ。

十八歳の時、源斎は江戸に下って玄沢のところで勉強する決心をした。そのためにはまず父親、陵斎《りょうさい》の許可をもらわなければならなかった。

雪の降る節分の朝だった。源斎は覚悟を決めて書院の父の前に正座した。

「江戸に出て、大槻玄沢先生に師事したいと存じます。お許しいただけますでしょうか」

父は頭ごなしに言った。

「誰だ、その大槻玄沢とやらは」

「江戸詰めの仙台藩医で、蘭方医でいらっしゃいます。一関藩の建部清庵《たけべせいあん》先生や杉田玄白《すぎたげんぱく》先生、前野良沢《まえのりょうたく》先生に師事され、長崎にも遊学されました。三年ほど前に江戸の三十間堀に芝蘭堂《しらんどう》という私塾を開設され、そこには全国から続々と新しい医学を目指す者が集まっております。公儀にも乞われて、医者の教育についても進言されていると聞いております。つきましては私も芝蘭堂に入塾して、是非とも教えを請いたいと存じます」

父は鼻先で笑った。

「京にも立派な先生方が大勢いらっしゃるではないか。昔から医学は京学と呼ばれるほど、京は医の中心だった。わざわざ江戸くんだりまで下って、まだできたばかりの海のものとも山のものともわからぬ塾に入ってどうする気だ」

「もちろん、京には立派な先生方がいらっしゃいます。けれども塾生が問題です。ただ箔《はく》をつけるために、田舎から上って来た者ばかりです。本気で勉強する者はあまりおらず、祇園なんぞから塾に通う者も大勢いると聞きます。ただの医者になるならそれでよろしいかもしれませんが、私は古い医学ではなくて新しい医学を学びたいのです。今や、芝蘭堂は蘭学と医学の中心となっております」

次第に父の顔が赤みを帯びてきた。

「いったい何を根拠としてそんな不遜なことを言うのだ」

とっさに源斎は携えていた玄沢の著書『蘭学階梯《らんがくかいてい》』を取り出した。

「この書を読んで玄沢先生のお名前を知りました。ぜひご覧ください」

うやうやしく差し出した。だが父は見もしないで本をはねのけた。源斎はすぐ拾いあげて表紙をさすった。

納得してもらえなければ、家を出るしかない。そう覚悟を決めた。

「蘭方などと、とんでもない話だ。そもそも、小島家は京にあって、名古屋玄医《なごやげんい》先生、後藤艮山《ごとうこんざん》先生などに教えを受け、古方派《こほうは》の医学を学び、これまで大きな実績をあげ尊敬されてきた。小島家と言えば古方派の代表的医者として知らぬ者はいない。それがまあ、よりによって、当の跡取りが蘭方などに目をくらまされるとは……あきれてものが言えん。家名に泥を塗るつもりか。事はお前だけの問題ではない」

古方というのはわが国では名古屋玄医に始まり、中国古典の『傷寒論《しょうかん》』、『金匱要略《きんきようりやく》』などを旗印として、そこに医学の理想を求める学派である。基本的には「熱補《ねつほ》」すなわち熱で病気を攻撃して治療するという考え方に基づいている。

普段、源斎は父に逆らうなどとは夢にも思わなかった。しかし今度ばかりは引かなかった。

「杉田玄白先生の『解体新書』が出まして、これまでの漢方の医書にあった、五臓六腑十二経絡《ごぞうろっぷじゅうにけいらく》は誤りが多いことがわかったではありませんか。蘭方はきちんとした解剖に基づいて成り立っております」

父は鼻先で笑った。

「あの『解体新書』は誤訳が多いと聞いておる。そもそも、蘭方は人間を全体としてみていない。罪人はすでに死でもって罪をあがなっておる。それなのに腑分《ふわ》けをして、身体を切り刻むとはどういうことだ。蘭方のやり方は、顕微鏡を用いて細かい所ばかりを見すぎている。木を見て森を見ずだ。一番大事な身体の調和を見落としておる。

それればかりではない。病気は周りの物事と深く関わりがある。我が国は我が国なりの気候風土があり習慣があり食い物がある。それに合わせて治療を施さねばならぬ。

ともかく、蘭方は大局観がない。病気は治ったが、人は死んだということになりかねない」

「私はもちろん、わが家の伝統を捨てるわけではありません。小島家には素晴らしい家伝の薬がございます。これまで父上に教えを受け、治療を拝見してまいりまして、その素晴らしさは誰よりも存じております。父上を尊敬申し上げる点で、私以上の者はいないでしょう。

けれども、それだけに安んじていては時代に遅れてしまいます。たとえば山脇東洋《やまわきとうよう》先生は古方派の大家でいらっしゃいますが、『古の道に拠って今の術を採る』と蘭方を取り入れておられます。腑分けまでなさいました。最近、蘭方医を目指す者が増え、危機感を抱いている漢方医も多いと聞いております」

源斎は懸命に説得した。父はしばらく腕組みをしていたが、

「そうか、時は動いているか……完全に蘭方医になるわけじゃないのだな」

と呟《つぶや》いた。

源斎は胸がきりりと痛んだ。昔の父であったら、容赦なく勘当しただろう。だが今はその気力はなく、一気に年取ってしまったように感じられた。

「もちろんです。新しいものを取り入れつつ、小島家の伝統に沿った古方派の医術をやるつもりです」

「江戸にはどれくらいいるつもりか」

「阿蘭陀語も勉強いたしますので六年はかかるかと思います」

父は力なく言った。

「わしも若くはない。長くとも五年だな。行くからには一心不乱に励むのだぞ」

こうして源斎は五年間、玄沢の芝蘭堂で学んだ。そこには全国から優秀な若者が集い、競い合って勉強した。源斎は阿蘭陀語を習得し原語で医書を読み、さまざまな患者を診て、力をつけて京に戻ってきた。

その二年後に父は他界した。

御幸町を南に下がり三条通りに出ると視界が広がった。大勢の人々が行き交い、その間を寿司、天ぷら、そばなどの屋台店が、陽の落ちる前に陣取りしようと動き回っている。屋号や紋どころの提灯を下げた呉服屋、履物商、甘味処、絵草紙屋、小間物屋、数珠屋《じゅずや》などが軒を並べていた。

玄沢は時々歩みを止めて興味深そうに店をのぞき込んでいる。

三条大橋に出ると鴨川が月を映して寒々と流れていた。玄沢が橋の中央で足をとめ、黒く広がる東山に見とれた。

「京は静かだなあ」

玄沢が呟いた。源斎は冷たい欄干にもたれて訊ねた。

「江戸はいかがでございますか」

「江戸湾は露西亜《ロシア》船が来襲するかもしれんということで緊張している。露西亜船打ち払い令も発令されているが、この先、一体どうなるかわからない。何しろ露西亜は依然として、虎視眈々《こしたんたん》と樺太をうかがっておる。工藤平助《くどうへいすけ》や林子平《はやししへい》が警告した通りになった。もはや日本もこのままではすまないだろう」

玄沢はそう言って嘆息した。

大橋を渡って右に曲がると、お茶屋の提灯《ちょうちん》がずらりと並ぶ縄手《なわて》通りだった。

「美しい女が多い。さすがに京だ」

白川を通り越して左に折れ末吉町に入り、よし屋の前に立った。

源斎はしばらく間を置いてから玄関を開けた。

「御免、誰かおられるか、源斎だが……」

源斎は重々しい声で呼んだ。喜久江に合わせる顔はなかったが、今夜ばかりはやむをえなかった。

「お出でやす。おおきに」

喜久江が満面の笑みで出迎えた。まるで正月のいさかいなどなかったかのようだった。

「江戸からお見えになった大槻玄沢先生をご案内した。有名な先生、私の恩師だ」

「はるばる、ようお越しやす」

女将は三つ指をついて挨拶した。二階の座敷に案内する喜久江の後ろ姿を見ながら、源斎は胸をなで下ろした。

部屋に案内されると、玄沢が床の間の掛け軸に見とれた。

「ほう、若冲《じゃくちゅう》の鶏じゃなあ、誠に緻密に描いてある。すごい観察力だなあ」

「若冲はんはうちのお馴染《なじ》みさんやったんどす」

「さすが祇園だのう。いきなりこのような逸品と出合えるとは」

と玄沢は呟いた。

舞妓が軽やかな衣擦《きぬず》れとともに酒器を運んで来た。

「おや、月江じゃないか。見違えたぞ」

源斎は思わず目を丸くした。

月江は気取って、

「よろしゅうおたの申します」

と優雅にお辞儀をした。

一瞬、源斎と月江の視線が合った。月江の目がさっと潤んで口元が引き締まった。ほんの一か月ほど前まで頰の赤々とした小娘だったのが、今はすっかり女らしくなっている。源斎は胸が締めつけられた。

割れしのぶの髪は銀色に光るびら簪と枝垂れ梅の花簪に彩られ、うりざね顔が真紅の半襟に浮き上がっていた。梅の花と水仙を描いた京友禅は、金色の西陣織のだらりの帯によく合っていた。下唇だけに紅を塗った唇はどこか滑稽で、源斎は上唇まで紅を塗った唇を見てみたいと思った。

「可愛い舞妓さんじゃないか」

玄沢の声で源斎は我に返った。玄沢は月江と喜久江を見比べて、

「そっくりだなあ。瓜《うり》二つというのはこのことか」

と声を上げた。

「お察しの通り母娘でございます。先祖代々からのお茶屋でございまして、血は争えません」

喜久江が応えた。

酒盛りが始まった。芸妓の須磨《すま》が玄沢の横にぴったり座ってお酌をした。須磨は飛び切りの美人で、お客の扱いもうまかった。

「これが近江蕪《おうみかぶら》を使うた蕪蒸しどす。中にぐじが入ってます。京は冷えまっさかいね、体の芯から温《あった》まるんどすえ」

「この椀《わん》は趣のある色絵陶器だなあ、梅の模様か」

「へえ、季節に合わせて模様が選んであります。清水焼どす」

「雅《みや》びだなあ。京美人の言葉を聞くと酒も進む」

玄沢が上機嫌で須磨と話し込んでいる間、源斎は月江を向いた。

「どうだ、舞妓はんの仕事は」

「おおきに、一生懸命やらしてもろてます。舞、三味線どっしゃろ、それからお茶のお稽古やら、きばらせてもろてます」

月江の話を聞きながら、源斎は切なくなった。あれだけの優れた才能を持ちながら、生かすことなくこうして日々を送っている。しかもそのことを自覚するでもなく、笑みを絶やさず嬉々《きき》としている。

源斎は諦めきれなかった。

「本は読んでいるか」

「へえ、なかなかゆっくり読めまへんけど、暇のある時は好きな源氏物語を読ませてもろてます」

「そうか、まあ、せっかく勉強したのだから、せいぜい忘れないように漢籍も読んだ方がよろしい」

「おおきに」

「あとで、お前の舞を拝見しようか」

月江は自信ありげににっこりした。

玄沢が源斎に話しかけてきた。

「お主と一緒に千寿骨ヶ原《せんじゅこつがはら》の刑場に、腑分けに出かけたことがあったなあ。あの頃拙者は、杉田玄白先生から『解体新書』の改訂を命じられて取り組んでいた。玄白先生はとても謙虚なお方だから、誤訳のことを気にしておられた。だが誤訳は無理もないことだった。あれは阿蘭陀語の辞書もない頃だったから。だが、改訂となると絶対に誤訳は許されない。どうしても実物を見ないとわからないところがあった。確認のため苦労して刑場に入ったが、助手について来てくれたお主の度胸が据わっていたおかげで助かったわ」

「ほんとに無我夢中でございました。でも、解剖を知らなければ、本当の医学を実践することはできません。いい勉強になりました。ところで先生の改訂版はまだ出版されないのでしょうか」

「完璧な改訂をしないと玄白先生に申し訳が立たぬ。手元に置いて練り上げておるところだ。十年近くの歳月をもってしても終わらない。いましばらくはかかるかなあ」

源斎の頭が自然に下がった。

「恐れ入ります」

「実はそのこともあって上京したのだ。今日、重訂版の図を描いていただいた中伊三《なかいさぶ》郎《ろう》先生にご挨拶してきたところじゃ」

急に玄沢の口調が変わった。

「京では、どんな患者が多いか」

源斎は姿勢を正した。

「はい、江戸も同じだと思いますが、疝気《せんき》（下腹部の痛みのある病気。今でいう胃炎、胆嚢《たんのう》炎、胆石症、腸炎など）が目立ちます。それから疱瘡《ほうそう》（天然痘）、食傷（食あたり）、風邪、梅毒、脚気《かっけ》も多いですね。そして癲狂《てんきょう》（精神病）もあります」

「そうか、癲狂もあるか。癲狂は単に医書に書いてあることを鵜呑《うの》みにして、薬を与えるだけではなかなかうまくいかん。臨機応変、状況に依《よ》って治療を施さねばならぬ」

「はい、ありがとうございます。肝に銘じて取り組ませていただきます」

源斎は頭を下げた。それからふと思い立って続けた。

「ところで最近は、薬種問屋が私どものところまで蘭方薬を売り込みにまいります」

「漢方薬では効果のない病気に劇的に効果を示すことがあるからな」

「しかし値段が高いです。何しろ薬礼を払えない患者ばかりでございます。どんどん患者はやって来ますが、反対に私の方は細る一方です」

「そうか、藩医だと蘭方薬はふんだんに使えるのだが。まあ、少しばかりなら送ってやってもいい」

「ありがとうございます。それにしてもここまで薬種問屋に借金がかさみますと、この頃、金儲《かねもう》けのことを考え始めました」

そう言って源斎は暗い顔をした。

「無欲恬淡《てんたん》とした源斎がそう言うとはなあ……世知辛い世の中になったものだ。だがものは考えようだ。金は天下の回りもの。ある所からたっぷりいただけばよかろう」

「実は今日、大金持ちの生糸問屋の旦那がやってきました。娘の癲狂を治してくれたらいくらでも出す、ということでした」

源斎が言うと、玄沢は声を上げて笑った。

「癲狂の治療は一筋縄ではいかん。心してかかれ。癲狂に関する本といえば、香川《かがわ》修庵《しゅうあん》先生の『一本堂行余医言《いっぽんどうこうよいげん》』の巻の五が優れている」

玄沢は真顔に戻った。

「はい、私も読ませていただいております」

「中神琴渓《なかがみきんけい》先生の『生生堂雑記《せいせいどうざっき》』と『生生堂治験《ちけん》』は読んだか」

「いえ、まだでございます。欲しいと思っておりましたが、いかんせん懐の具合が……」

玄沢の顔がほころんだ。

「そうか、ちょうど京都の書林の林伊兵衛《はやしいへえ》のところに立ち寄ったら、恵贈していただいた。いま手元にあるから貸してあげよう。それに何冊か新しい医書を携えてきておる。筆写するがよろしい」

「ありがとうございます」

源斎はかしこまって頭を下げた。


喜久江の三味線と歌で、須磨の舞が始まった。

舞の最中、玄沢は身動き一つしなかった。終わると難しい顔で須磨を手招きした。

「人間の女が消えてしもうた。三保の松原で天女が舞ったという舞は、きっとこんなものだったのだろう」

「へえ、人形振りと申しまして、人形のように舞います」

「なるほど、そうか。舞の最中にも眼が微動もしなかった。身体の動きもまるで名刀で刻んでいくように切れ味がよかった。よう修練しているなあ」

須磨は下を向いた。

「これほどの舞は江戸では見られない」

「おおきに」

須磨はいつものように感情を表に出さずに答えた。その突っ放すような言い方に源斎はひやりとした。

しかし玄沢は悠揚迫らぬ態度で須磨に盃を差し出した。

「医の道は限りがない。舞の道も限りはないだろう。慢心せずに精進しなさい」

「へえ、おおきに」

今度は月江が舞う番になった。源斎は固唾を呑んで見守った。

舞い終わって席に戻ると、源斎は月江を詰《なじ》った。

「何だこれは。ただ、あちこち、どたばた歩き回っただけでないか」

月江は唇を噛《か》んで顔を伏せた。とっさに玄沢が口を挟んだ。

「まだ、舞妓になったばかりだろう。源斎だって拙者のところに来た時は使い物にならなかった。口下手で引っ込んでばかり、ろくに説明もできない。京に帰って機織りでもやれと叱りつけてやった。覚えているか」

源斎がうつむいた。だが玄沢はすぐに言葉を続けた。

「しかしなあ、それから夜も寝ないでよう勉強した。あっという間に源斎は、わが塾でも一番立派な医者になった。月江とやらも稽古にせいをだして、源斎を見返してやりなさい。努力しかないぞ」

月江が涙を浮かべた。

「おおきに、先生、うち、きばらせてもらいます」

そう言って玄沢に頭を下げた。

続いて玄沢は喜久江を向いた。

「祇園はいいところだ。また、参上したい。その時は須磨をいただいて帰る」

足下のおぼつかない玄沢を、両脇から須磨と月江が支えた。源斎は喜久江の肩に寄りかかった。

ようやく玄関までたどり着いたところで、喜久江が源斎にささやいた。

「お忙しおっしゃろし、筆写も難儀どすやろ。月江をお手伝いにやらせまひょか」

源斎は突然酔いが醒《さ》めた心地がして喜久江を向いた。

「おお、月江を寄こしてくれるか。有難う」

「そやけど、月江はまだ舞妓に出たばかりどす。そないにお休みさせてもらうわけにもいかしません。先生のお仕事と舞妓の仕事を一日おき、ということでどうどすか。けど、筆写が終わったら戻していただきまっせ」

玄沢と源斎を乗せた駕籠《かご》がよし屋を後にしたのは、亥《い》の刻（午後十時頃）過ぎのことだった。

第二章　狐憑き

一

「筆写というのは難しおすにゃろな。わからへんとこは、わからへんて言うて、源斎はんに聞くのんえ。間違《まちご》うたら、人様の命にかかわることやさかいな」

この日のために母はわざわざ薄茶色の作務衣《さむえ》を用意してくれた。重い舞妓の衣装から作務衣に着替えると身体が軽くなった。割れしのぶの髪形を崩さないように、作務衣と同じ色の手ぬぐいを髪に巻いた。まるで自分が別の人になったような気がした。

月江は踊るような足取りで縄手通りから鴨川のほとりに出た。昨日は雪がぱらついたが、春を思わせる穏やかな天気だった。柳が芽を吹いていた。梅の花もちらほらと咲き始めウグイスがさえずっていた。

源斎の療治所は大きな京町屋だった。見慣れていたはずが今日はまるで違う家のように見えた。たすき掛け姿の千草が、べんがら色の千本格子を拭いていた。水桶《みずおけ》から湯気が立っている。

「今日からお世話になります。よろしゅうおたの申します」

月江はうきうきと挨拶した。千草も親しく会釈を返した。昔からよく知っている千草だったが、仲間入りできて一層親しさがつのった。

門口から土間に入り待合室の前を過ぎて、細やかな京格子に囲まれた診察部屋の前に来た。

「何か用、どちらさん」

いきなりつっけんどんな声がした。月江はびくりとして立ち止まった。八重が源斎の机の方からにらみつけていた。いかにも自分と同じ色の作務衣を着ているのが生意気だ、といわんばかりの眼差しだった。

「先生はお留守やし」

「えっ」

月江は驚きの声を発した。八重は机を念入りに拭いて整えると、立ち上がって棚に飾ってある一輪挿しの花瓶を取り上げた。

「邪魔、のいてんか」

八重はせかせかと月江を押しのけて土間に降りた。月江は玄関庭の方へ去っていくその後ろ姿を呆然《ぼうぜん》と見送った。

千草が桶を持って戻ってきた。

「おや、何をしているのんえ。先生は書院どっせ」

「えっ、そうどすか。おおきに」

気を取り直して千草の後について行った。途中、八重とすれ違ったが知らん顔だった。台所の前を通り抜けると、突き当たりに書院があった。

「先生」

入り口で月江は呼んだ。

「上がって来い」

源斎の落ち着いた声がした。月江は胸をなでおろした。

書院は坪庭に面して日当たりがよく、棕櫚竹《しゅろちく》や篠竹《しのだけ》の葉擦れ、つくばいの水の滴る音が聞こえた。火鉢では鉄瓶が鳴っている。本棚にはぎっしり医書が詰まり、収めきれないものは畳の上に積み重ねてあった。一冊ずつが小島家の歴史を担ってきたものだろう。古書の匂いにめまいがしそうだった。

机の前に正座している源斎に、月江は風呂敷包みを差し出した。

「お母さんからどす」

「ほう、椿餅《つばきもち》だな。喜久江らしい。お前もどうだ」

そう言って源斎は椿の葉を念入りにはいで口に入れた。月江も勧められるままに一つ取り上げた。

「若菜の巻に『つばいもちひ』とございますね。先生にいただきました源氏物語で読みました」

「そうだな、平安の香りのするお菓子だ」

源斎はおいしそうに二つ目を頬張った。

まず源斎は筆写の手順を教えた。目の前にあるのは『生生堂雑記』だった。机の前に正座して、硯《すずり》で墨をすることから始まった。硯は金の蒔絵《まきえ》の箱に入った端渓《たんけい》で、奈《な》良筆《らふで》を使って黒谷《くろたに》和紙の上に書き写していく。月江は浮き立つ心を引き締めて筆写していった。

ためしの一枚目が終わると、月江はおずおずと源斎を見た。

「よし、何も言うことはない。後は任せる」

源斎はもみあげを撫でながら書院を出て行った。

一日おきに源斎の家に通って、明け六つ（午前六時頃）から暮れ六つ（午後六時頃）まで筆写した。

『生生堂雑記』は琴渓の門人が師の教えを記録してまとめたものだった。たとえ話を縦横に使って、医道が噛んで含めるように説明してあった。

病気は活《い》きものであって定めはない。定められた薬を使って治そうとすれば、規則通りにはいかない。医道で大切なのは活用である。活用を大切にして規則を離れることが肝要である。薬を使わなくても、臨機応変に対応できる医者は、死を救い、危ういところを助けることができる。

月江でも何となくわかるような気がして興味を感じた。

源斎がいない時には、筆写の合間に他の医書にもこっそりと目を通した。夜遅くまで筆写してしばしば帰れなくなり、そのまま泊まり込むこともあった。

その夜も仕事で残っていた。

「先生がお呼びです」

怒鳴りつけるような声だった。驚いて顔を上げると、八重がにらみつけていた。返事をする間もなかった。八重はくるりと背を向けて薬部屋の方へ戻って行った。

月江は重い足取りで源斎の部屋に入った。

「遅くまで有難う。どうだ」

その途端に、月江は今先のことは忘れてしまった。

「へえ、なかなか進みまへん。わからへん漢字があったりして、調べるのに手間取っているんどす」

「気にするな。少しくらい間違ってもいい。読んだらすぐわかる。気楽にやってくれ」

「はい」

月江は神妙な顔で頭を下げた。

「筆写してますと、前の晩の宴会の事やらお酒の匂いも、嘘《うそ》みたいに消えてしまいますねん。ふっと自分は何をしているのか、と不思議な気分になります」

「祇園は心浮き立つところだが、ここは病人ばかりで重苦しい。戸惑うのも無理はない」

「はい、お客はんは賑やかに騒がはって、あげくの果てはさんざん酔っぱらって絡《から》んだり、たまにけんか腰にならはる人もいはります。治めるのに往生します」

「そうか、怖くはないか」

「へえ。うちが間に入るとおとなしゅうならはります。皆さん、不思議やと言うてはります。怖がるとあかんのやと思います。逆に火に油を注ぐようなものとちゃいますか。こっちが落ち着いてお相手すれば、たいてい何とかなります」

月江は誇らしげに微笑した。

源斎が盃を置いた。月江は慣れた手つきで酒を注いだ。

「月江、折り入って頼みがある」

源斎はあらためて難しい顔になった。

「実は八重のことだ」

月江は思わず緊張した。

「話は込み入っている。最初から話した方がわかりやすいだろう」

源斎は酒をぐっと飲み干した。

「小雪という癲狂の娘の治療を引き受けて往診に行った。生糸問屋の荻野屋を知っておろう。その母屋の座敷牢に入れられていた」

源斎はため息をついた。

「係の女中の梅《うめ》が錠を開けてくれた。後ろから八重がついて来た。薄暗がりの中に小雪がじっとうずくまっていた。さすがのわしも気が滅入《めい》った。何しろ窓はないし、臭いし……ご本人はお化けみたいに髪が乱れ、着物ははだけ、肌がむき出しになっている。首をくらないようにと紐《ひも》は取り上げられている。

お前より一つ年上だ。一番楽しい年頃なのに、一年近くも閉じ込められている。女衆《おなごし》も狐憑きだと怖がって近寄ろうとしない。梅が食事を運んで、おまるを替え、着替えさせていた。だがこわごわで腰が引けている。終わったら一目散に逃げて行く。こんな風じゃとても世話なんて行き届くはずがない」

あまりにも悲惨な話で、月江は胸が締め付けられた。

「顔にかかった髪の隙間から目だけがぎらぎら光っておった。ぞっとしたが『小雪殿』と呼びかけた。その途端にすごい叫び声が返ってきた。とても人間じゃない。それと同時だった。突然後ろの方でどんと音がした。びっくりして振り向いたら、八重が座り込んでいた。顔は真っ青で、呼びかけても全然返事がない。腰が抜けて気を失っておったのだ。

さあ、小雪の診察どころじゃない。八重にかかりきりになってしまった。ようやく気は取り戻したががたがた震えていた。仕方がないから、梅に頼んで女中部屋で休ませてもらった。

それからまたわしは座敷牢に引き返した。小雪は反対側の隅っこにぴったり身を寄せて、わしの方をじっと見つめたまま動かない。『医者の源斎です。お父上に頼まれて診察に参上しました』と言った。その途端に小雪は駆け寄ってきた。抱きつこうとするんだ」

その口調はさらに沈んだ。

「身をかわしてしかりつけてやった。今度は向こうがびっくりして泣きだした。とても診察できるような状態じゃない。仕方がないから小雪の横に坐って落ち着くのを待っておった。しばらく様子を見て切り上げた。外に出ると、梅が待ち構えていて錠を閉めた。

するると梅が『先生には失礼ですが、小雪様は伏見の狐に取り憑かれてます。うちまでやられますから、長居させないでくださいませ』と半泣きになって言うじゃないか。『狐憑きは迷信で、本当は病気だ』と説明してやった。だが、とても聞く耳はなかった」

ここで源斎は盃をぐっと上げた。

「戻ったら八重は落ち着きを取り戻していたが、目に涙を浮かべて、『お暇をください』と言うじゃないか。あまりに突然でびっくりした。理由を聞くと、『あの人には狐が憑いています。あの人が叫び声を上げた途端に、恐ろしい狐が襲いかかろうとしました。身をかわす間もありませんでした。そのまま黄色い影に包まれるみたいに、気を失ってしまいました。懐にしのばせていた阿弥陀如来《あみだにょらい》のお守りのおかげで助かりました。先生のためにならどんなことでもさせていただきますが、狐だけには取り憑かれたくありません。堪忍してください』と言うじゃないか。どうして狐とわかったのか聞くと、『あの人の叫び声は紛れもなく狐です』だと。もう、呆《あき》れてものが言えなかった。診察の手伝いをしているから、ちょっとは分別があると思っていたがそうじゃなかった。『小雪のところだけは、ついてこないでいい。これまでのように働いてくれ』と頼んで、ようやく納得してくれた」

源斎は長い溜息をついた。

「押し込められているとはいえ若い娘さんだから、身の回りくらいは整えてやりたい。だが、むやみに触るには抵抗がある……はてさて、これからどうしたものか」

沈黙が立ち込めた。不意に源斎が訊ねた。

「お前は狐が恐ろしいか」

「狐がどんなものか、うち知りまへん」

「八重の代わりに、往診について来ることはできないか」

月江は迷いもなく答えた。

「うち、八重さんみたいに気はききまへんけど、座敷牢に入るくらいはできると思います」

「小雪は酔っ払いと違うぞ」

「大丈夫どす。お話をお聞きしますと、小雪様かて、全然、何もわかってはらへんわけとちゃうみたいどす」

「どうしてだ」

「そやかて、先生に抱きついて来やはったでしょう。先生がええ男はんやしどす」

月江は顔を赤らめた。源斎は難しい顔でうなずいた。

「それに小雪様、先生がお叱りにならはったら、大人しゅうならはったんどっしゃろ。わからはったんどす」

「そうかなあ」

源斎は目を閉じて考え込んだ。

「有難い話だが、問題はお前のお母さんだ。筆写の約束だったのに、狐憑きのところにやったと、お灸《きゅう》を据えられて、引き上げられるに決まっている」

「内緒にしときまひょ。筆写するにしろ、往診につかせていただきますにしろ、どっちにしろ先生のお手伝いどすし。筆写は遅れると思いますけど」

「それは有難い。もちろん遅れても仕方があるまい」

「ほんまのこと言うたら、うちかて怖《こわ》おす」

「お母さんだったら、平気かな」

「とんでもあらしまへん」

月江は笑い出した。

「お母さんは誰よりも、狐を怖がったはりますえ。えろう迷信深いんどす。晴明《せいめい》神社に日参してはるくらいどす。祇園の人やらも、みんなお稲荷さんのお使いやて信じたはります」

源斎と月江は顔を見合わせた。

源斎は月江に盃を差し出した。

「一杯どうだ」

月江ははにかんで首を横に振った。

「おおきに、舞妓の時は断るわけにいきまへん。けど、ここは先生のお手伝いに来ているところどすし……」

「そうか。融通のきかないところは、お母さんそっくりだな」

「けど、先生とご一緒やと何も怖いもんなどあらしまへん」

はっきりと月江は言った。

《八重さんみたいに往診について行きたい》という夢がひょんなことで実現した。その喜びに比べれば、狐憑きは物の数ではなかった。

二

井戸の前に月江が水のみに立った時、お清が、

「月江はん」

と呼びかけた。年は四十過ぎで、小柄で世話好きでおしゃべりだった。

「疲れたやろう。あんな難しい仕事をようできはること。白湯《さゆ》でも入れたげよ」

月江はかまどの前の板間に正座して熱い白湯を飲んだ。台所の隅にはもらいものが山ほど積んである。お清はその中から紙包みを取り出した。月江の耳元に口を寄せて

ささやいた。

「八重には気いつけよしや」

「えっ」

月江はどきんとしてお清の顔を見た。お清は物々しく言った。

「八重はあの年まで、ずっと嫁にも行かんと先生のお傍で働いてきたんや。新入りのあんたが書院に出入りを許されるなんて……そらあ、悋気《りんき》の虫がおさまらへんのやわ」

お清は言いながら、先ほどの袋から饅頭《まんじゆう》を一つ取り出し、月江に手渡した。

「その上、先生があんたを往診に連れていかはるそうやんか」

「へえ、けど荻野屋さんだけどす」

「そうは言うても、八重は往診の係や。怒るに決まってるやないか。なんで断らへんかったんえ」

「すいまへん」

だが月江は理由を打ち明けるつもりはなかった。

「他のところへは行かしまへん。堪忍しておくれやす」

「うちに言うてもなあ……なるべく八重をなだめてみるけど。おとなしめにしときや」

「どうぞおたの申します」

月江は深々とお辞儀をした。八重の顔がちらついた。饅頭は苦く白湯で流し込んだ。

小雪の往診の前夜、月江はおずおずと薬部屋に出向いた。八重はその日届いたばかりの山のような薬草を点検していた。

「八重さん」

月江は声をかけた。だが八重は見向きもしない。もう一度呼んでようやく顔を上げた。八重のまぶたは腫れあがっている。月江は胸がきりきりと痛んだ。

「明日の薬箱を準備したいのどすけど」

返事はなかった。待っていたが八重は再び仕事を続け、答える気配はなかった。月江は仕方なく勝手に薬箱を持ち上げた。

室町は西陣織や京染を扱う大店《おおだな》がずらりと軒を並べ、お金持ちの集まる通りだった。すべての店が大屋根と小屋根を重ね、べんがら格子のあげ見世があり、入り口には屋号を染め抜いた広幅の暖簾がかかっている。隣の家屋との間には立派なうだつが上がっている。通り全体が統一された工芸品のようだった。

その中でも荻野屋の表構えは群を抜いて大きかった。店の前に立つと、全体を見渡すことができないほどの幅があり、左の端に位置している大きな蔵もようやく屋根の端が見える程度である。

表戸口は千本格子の入った二つの屋敷の間に位置していた。源斎に続いて入って行くと、左右にある店の広間でそれぞれに大勢の人々が商談の最中だった。すぐに大番頭の伊佐吉《いさきち》が出てきて二人を案内した。

通り庭になっている土間を進んで行くと露天の玄関庭に出た。左側に広い玄関があった。上がり框《がまち》で源斎が伊佐吉を振り返った。

「診察が終わったら、旦那様にお会いしたいのだが」

「旦那様は手が離せませんが、お内儀《ないぎ》様ならお出でになれると存じます」

「よろしい。お内儀にはこれまでまだ一度もお目にかかったことがない。小雪殿のこれまでを詳しくお聞かせいただきたい、とお伝えしてくれ」

「わかりました。そのようにお伝えさせていただきます」

伊佐吉はしゃちこばって返事した。

梅の先導で座敷牢に案内された。まず奥座敷を通り抜け、引き出し付きの階段のある八畳の間に入った。中の間を通り抜け、仏間の横の廊下をさらに奥に進んだ。途中、多くの部屋があり、広すぎて迷子になりそうである。

さらに廊下の突き当たりから下駄に履き替えて、石畳の通り庭を抜けた。右側には高い壁があって座敷庭と区切られ、左側には大蔵がそびえている。大蔵の横をぬけると中蔵があった。中蔵に添うように、しっくい壁の離れ屋が建っていた。その中が座敷牢だった。ここなら小雪がどんなに叫ぼうとも声は店までは届かないだろう。

梅が大きな鍵で戸口を開けた。薄暗がりに白木の丸い柱で囲まれた八畳ほどの座敷牢が見えた。梅は及び腰で牢の戸口の錠前を外すと、さっと二人の後ろに回った。

源斎に続いて月江も中に入った。

鼻をつく臭気にめまいがしそうになった。目が慣れてくると、奥の片隅に、まるで稲荷《いなり》神社の狐の像のように小雪がうずくまっているのが見えた。長い髪が顔にかかり、だらしなく開いた襟の間から片方の乳房が露《あら》わになっている。薄気味悪く光る目は何を見ているのかわからない。

「また、お邪魔しましたよ」

源斎が穏やかに挨拶すると、小雪は意味のわからないことを口走った。

源斎が歩み寄ると、小雪は背を丸めて体を起こした。立ち上がると袂《たもと》で口をふさいで、檻《おり》に背中をつけてじりじりと横に逃げて行く。

「怖がらなくてもいい、診察に来ただけです。具合はどうですか」

源斎が諭すように言うと小雪は方向を変えた。月江の方を向くや、すぐに駆け寄ってきた。あまりにも突然で避《よ》ける暇はなかった。

小雪が月江を強い力で抱きしめた。ベタベタする頬を押し付けて、不気味にうめいている。月江は、はねのけたいのを我慢してなされるがままになった。

《怖がってはだめ、慌ててはだめ》

自分に言い聞かせた。

しばらくすると、小雪がすごい力で月江を突き放した。月江は後ろに倒れそうになったが、源斎が背中を支えてくれた。小雪はくるりと背を向けるとけらけらと笑った。

再び小雪は元の場所にうずくまった。源斎はゆうゆうとその前に正座して、

「ちょっと、お脈を拝見」

と手を差し出した。

小雪は両手で膝を抱えたまま身動きしなかった。

月江も源斎の横に正座した。ベチャリとしたものを膝に敷いた。どうやら便のようだった。だが月江は自分を抑えてやんわりと言った。

「怖がらんでもよろしおすえ。先生はわざわざ、診察にお見えにならはったんどす。さあ、お手をお出しやす」

小雪はそっぽを向いたまま身動き一つしなかった。

隅っこには食べかけのおむすびが竹の皮の上に乗っていた。その横には黒い漆塗《うるしぬ》りのおまるや、引きちぎられた袖とおぼしき汚れた紅《あか》い布切れがあった。

源斎が話しかけた。

「ご飯は食べるかね」

「……」

「夜は眠れるかね」

源斎の言う事が聞こえているのかいないのか、まったく反応がなかった。

月江が横から口を挟んだ。

「先生がお訊ねどすえ。どうどすか。返事でけへんのどすか」

「……」

源斎は四半刻《しはんとき》（約三十分）ほどの間、あれこれ話しかけた。最後に、

「お薬を出しておくから、きちんと飲みなさい」

と立ち上がった。

「梅さん」

と月江が呼んだ。家の外に控えていた梅が入ってきて錠を開けた。

外は明るくまぶしかった。入り口には源斎のために手水《ちょうず》の桶が置いてあった。月江

は手ぬぐいを水に浸して、まず、源斎の着物についた汚れを落とした。

「落ち着いていたなあ。感心した」

　手を洗いながら源斎が言った。

　月江はとっさに言葉が出てこなかった。思わず袖で涙を拭いた。

「どうしたんだ」

「小雪様……可哀相《かわいそう》すぎます」

　源斎は顔を曇らせた。

「癲狂だから仕方がない」

「けど、もうちょっと、きれいにならないのでしょうか」

　源斎は答えなかった。思わず月江は、

「うちがお掃除に参りましょうか」

　と口にしていた。源斎はまじまじと月江を見つめた。

「本当か。一人で怖くないのか」

「そやけど、あれではあんまりどす」

　話しているうちに覚悟が決まった。洗っていない汚れた顔、乱れた着物、不潔な座敷牢などが頭に浮かんだ。そのまま放置しておくわけにはいかなかった。

「ありがとう。いつやめてもいいから、試してみるか」

「やる以上は続けたいどす。何か注意するところはございますか」

「今見た通り、人におびえておる。まずそんな気持ちを和らげてやってほしい」

「どうやら自分でも狐になったように思っていやはるみたいどす」

「できれば、仲良しになってうまく薬を飲むところまで持って行ければなあ……」

「はい。やってみます」


隅々までぴかぴかに磨き上げられた座敷に案内された。見事な美術品がずらりと並び、円山応挙《まるやまおうきょ》の孔雀牡丹《くじやくぼたん》のふすま絵が輝いていた。座敷牢とは極楽と地獄の差があった。月江は畳がよごれるのではないか、と気が気ではなかった。

「臭いますけどお内儀様に失礼じゃないでしょうか」

「かまわん、医者とはそんなものだ」

源斎は平然として答えた。

お茶を飲み終わった頃にお内儀が現れた。当世風に髪を粋書髷《すいしょまげ》に結い、うりざね顔のまぶしいばかりの顔立ちだった。透き通った声で緩やかに話し出した。

「幣次の家内の彩乃《あやの》でございます。お初にお目にかかります。先生がお見えになることを、旦那様が教えて下さらなかったものですから……どうぞ失礼をお許しくださいませ」

案の定、袂で鼻を押さえた。

源斎は一つ咳払いをした。

「これまで二度ほど診察させていただきました。身なりも構わず、訳の分からぬ叫び声を放って話も通じません。気持ちが千々に乱れて物事の訳が分からなくなっております。一言で申し上げると、重い癲狂でございます。これでは、他人ばかりではなくて、自分まで傷つける危険があります。実際、座敷牢でないと、手に負えないでしょう」

「そうでございますか。先生にすべてお任せいたしますので、どうぞ存分に治療なさってくださいませ」

優雅な話しぶりだったが、氷のような冷たさがあった。月江はぞっとした。

源斎は悠然として訊ねた。

「これから、どう治療していったらいいか、いろいろと思案しております。つきましては、これまでの小雪殿の生活ぶりをお話しいただきたい」

「私には何も申し上げることはございません。小雪のことにかまうと旦那様に叱られるのでございます。旦那様から直接お聞きくださいませ」

「ご主人はお忙しくて、療治所でちょっとお話を聞いた程度です。深い話はできませんでした。小雪殿については母親たるあなたが、一番よくご存じと思いますが……」

彩乃は聞こえたのか聞こえないのか口をつぐんでしまった。源斎はさらに一歩踏み込んだ。

「小雪殿は幼い頃、死ぬか生きるかのような病気とか、恐ろしい出来事にあったことはありませんか」

彩乃はやはり黙り込んだままだった。

しばらく沈黙が続いた。

やがて彩乃は決心したように顔をあげた。

「正直に申し上げますが、実は私はこの家の後添いでございます。小雪が幼い頃のことは存じません。私がここにまいりました時には、小雪はすでに十三歳でございました」

「そうでしたか」

源斎は重々しくうなずいた。

彩乃は下を向いた。

「小雪の実の母親が家を出られて、その後に私が入ってまいりました。小雪にすれば、大事件だったでしょう。私はなるべく優しく接してきたつもりでございます。それなのに一年ほどしてからでしょうか、落ち着きがなくなりました」

そこで彩乃は黙り込んだ。

「どんな風だったんですか」

源斎が先を促すと、彩乃は軽く頭を下げて続けた。

「まるまる太った子でしたが、だんだん食が細っていきました。食べなさいと言っても食べなくなりました。時々吐くようにもなりました。どうも夜はあまり眠れないようでした。朝寝をして起きてきません。注意しても、聞く耳は持ちませんでした。お稽古も休みがちになりました。何をするにも根気が続かなくなったようでした。どう扱っていいかほとほと困りました。そのうち変なことを口走るようになりました」

「どんなことですか」

「そうですねえ。細かいことは覚えていませんが、死神が見えたとか、隣で葬式があるとかいうような事だったと思います。嫌な話でぞっとしました」

「それから何がありましたか」

「笑っていたかと思うと、急にがらりと変わって怒りだしたり。何かがなくなったと言って怒ったと思うと、たちまち忘れてけろりとしております。ちょっとしたことでがたがた震えたり、髪をかきむしったりしました。その頃からどこかおかしいのではないかと思い始めました。やがて恐ろしいひきつけが起こりました」

「ひきつけ、と言うと」

「あれは今思い出しても身の毛がよだちます。ちょうどお雛《ひな》祭りの日でした。一緒に、お人形の前で甘酒を飲んでいました。小雪が突然ひっくり返って動かなくなりました。呼んでも返事はありません。目を大きく見開いてすがめみたいになって、全身をこわばらせ手足を突っ張っていました。と、すぐ身をよじって手足をばたばたさせ始めました。びっくりして、すぐ旦那様を呼びました」

「何歳の時ですか」

「二年ほど前のことですから、十五歳くらいだったと思います」

「それから、どうしましたか」

「早速、かかりつけの久志本《くしもと》先生に来ていただきましたがなかなか治りませんでした。やがて先生は『狐憑きかもしれない』とおっしゃいました。その後、あちこちの神社にお参りして、お祓いしていただきました。山伏を呼んで加持祈禱もやっていただきました。けれども、さっぱり効き目がありませんでした。最後に有名なあの西海《さいかい》大僧正のところまで連れてまいりました。そこで大変なことがわかりました」

話の途中で彩乃の顔がこわばった。彩乃は周りを注意深く見回す仕草をした。

「これは、先生だけに申し上げます。どうぞ驚かないでくださいませ。あの時、西海大僧正は、『小雪の実の母親は深草の生まれではないか』とお訊ねになりました。『その通りでございます』とお答えいたしました。そしたら、『やはり、わしの睨《にら》んだ通りだった』とうなずかれました。『すぐ近くに伏見稲荷大社がある。あそこの一番位の高い上狐が憑いている。これは恐ろしい力を持っておる。厄介なことだ』と嘆息されました。そのお言葉の通り、小雪はますます具合が悪くなっていきました。やがて手がつけられなくなりました。とうとう、旦那様は座敷牢を作って閉じ込められたのです」

「そうですか。それからも回復の気配はありませんでしたか」

「ごらんの通りでございます。御飯を持っていっても茶碗を投げますから、お握りを持って行っております。それに、上狐にのり移られたら大変ですから、奉公人は誰も近づこうとしません。ただ悪くなる一方です」

「わかりました」

源斎はうなずいた。

「なかなか厳しいですなあ。ともかく、困ったことに薬が飲める状態ではございません。薬を飲まないとなると、なすすべがございません。とりあえず、小雪殿が薬を飲んでくださるように仕向けましょう。そのためには誰かが小雪殿をうまくなだめる必要がございます」

そう言うと月江の方を向いた。

「後ろに控えておりますのは手伝いの月江でございます。つきましては月江にその役をさせたいと存じます。一日おきに昼過ぎから夕方まで差し向けます。世話をさせせますので、どうぞお見知りおきくださいませ。私はひと月に一度くらいしか来られませんが、逐次報告を受け、必要な時にはすぐ駆けつけます。どうぞご了承下さいませ」

月江は頭を下げた。

「よろしゅうおたの申します」

彩乃は心配そうに月江を見た。

「お話はわかりました。でも、この人で大丈夫でしょうか。お見受けしたところ、まだ小雪と同じ年頃でいらっしゃいましょう。うちの女衆も物を投げつけられたり、唾をひっかけられたりして、怖がっております。梅も我慢できなくなって暇を取りそうな気配ですが、どうにか引き留めているところでございます。けがでもなさったら大変でございます」

「大丈夫です。実は、先ほど座敷牢で診察しましたが、小雪殿は月江に抱きつきました。もし敵意があるなら、そんなことはしないはずです。言葉は悪いですが、どんな暴れ馬でも馴《な》らせばなつくものです。ただ馴らす人が馬を怖がっていては、絶対になついてこない。優しい気持ちで可愛がれば次第になついて来ます」

源斎はそう言って月江を向いた。

「お前、怖くないだろう」

「はい、怖いことなんかございません」

月江は即答したものの、
《身の丈にあわんことを引き受けてしもた》と心を引き締めた。

「どうぞよしなにお願い申し上げます」

彩乃は儀礼的に頭を下げた。

「狐憑きではなくて病でございますね。そしたら、先生におすがりするしかございません」

口先ばかりであった。彩乃が狐憑きと信じて疑わないのは見え見えだった。

帰りの道すがら源斎が言った。

「一番位の高い上狐とは何のことだろう。そもそも、狐に位などあるはずがないじゃないか。一体誰が位を決めるのだ。西海何某《なにがし》とやら、でたらめを言っているんだ。また、それを真に受ける者がいるから驚くじゃないか。困ったことだ」

「伏見稲荷はあまたのお稲荷さんの総本社やさかい、そこの狐が一番偉いという意味と違いますやろか。伏見稲荷大社の初午大祭《はつうまたいさい》などお参りの人で、すごうおっせ。福詣《ふくまい》りをすると、ほんまに商売繁盛すると聞いてます」

「ああ、そういうことか。そんなに信者が多いとなると、なかなか一筋縄ではいかぬだろうな」

「ここまで来たら、先に進むしかあらしまへん」

月江が屈託なく言うと、源斎もつられて、

「確かにそうだ」

と相槌《あいづち》を打った。

三

いよいよ月江が一人で小雪を訪問する日が来た。

梅は座敷牢の前まで案内するとおびえた声で言った。

「長く居ると、狐が取り憑きますよ」

「小雪様は病を患ったはるだけです。取り憑かれるなんてこと、あらしません」

梅は目を丸くして言葉もない様子だった。

「とりあえずはお掃除をさせていただきます」

月江が言うと、梅は檻の外にある箒《ほうき》や桶の方を指さした。

「桶はひっくり返されるからね。牢の外に置きなさい。檻の隙間から手を出せば洗えます」

そう忠告した。月江が牢の中にいる間、梅は時々前の庭まで様子を見に来て、呼ばれたら錠を開けるように打ち合わせした。

《本当に来てくれるだろうか》という心配があったが、こうなっては成り行きに任せるしかなかった。

月江は裾を上げ、たすきをかけると、水を入れた桶を持って再び座敷牢に戻った。中に入る時、月江はおののきと緊張で胸が鳴った。梅が外から錠をかけるがちゃがちゃという音を聞いた途端、気が遠くなりそうになった。

そこはまるで世間とは関係のない遠いところのように感じられた。窓のない陰気な暗がりの奥に、小雪はぶつぶつつぶやきながら膝を抱えてうずくまっていた。

月江は奥歯を噛みしめた。入るなり必死で平静を装って、

「こんにちは、月江どす……」

と挨拶した。

その途端に小雪が駆けよって抱きついてきた。しばらくそのまま耐えていると、小雪はぱっと月江を突き放した。月江はよろけたが、今度は倒れないですんだ。

「仲良うしまひょ。これからお邪魔させてもらいます。よろしゅうに」

小雪はぷいと横を向いて、口を尖《とが》らせたままびーどろのような目で上を向いた。

「えらい汚《きたの》う散らかってますねえ。お掃除をしましょうか」

できる限り明るい口調で話そうと心がけていると、落ち着きが戻ってきた。

畳にはあちこちご飯粒がこぼれ、便や尿のしみがついていた。

月江はあらかたを掃き出し、畳の上を拭き始めた。小雪はまったく無関心で両手で頭を抱えてうずくまっていた。

四つん這《ば》いになって拭いていると、いつ立ち上がったのか、小雪がいきなり横腹を蹴ってきた。月江は雑巾を握ったままあお向けに転がった。見下ろして、小雪は愉快そうに笑った。

月江は黙って起き上がって再び拭き始めた。

しかし五回目に転がされた時、涙がこぼれた。小雪の前ではこぼすまいと決心していたのだったが、唇に垂れるしずくが塩辛かった。だが月江の悲しみなどまったく通じない風だった。

ようやく全部拭き終わると月江は正座した。

「綺麗になりましたよ。気持ちがいいでしょう……」

その言葉の終わらないうちに、小雪はいきなり仰向けにひっくり返った。白目をむいて、弓なりにのけぞって動かなくなった。

「どうしたの」

月江は肝を潰して小雪に覆い被《かぶ》さった。息をしていないようだった。

「小雪様、しっかりしよし」

月江が小雪の身体を揺すぶっているうちに大きな呼吸が戻った。次第に全身の硬さがなくなりそのまま小雪は眠り込んだ。

月江は隅にある夜着をかけてやった。

《いったいどうしてこんな病気にならはったんやろう。それにこんな状態で、果たして薬が飲めるようになるやろうか》

月江は暗澹《あんたん》となった。

やがて恐ろしい考えが湧き上がってきた。息が戻ってきたからいいようなものの、もし戻ってこなかったら、そのまま小雪は死んでしまうだろう。

《そうなったらどうしよう。うちが小雪さんを殺したと疑われるんやないやろか》

月江は思わずぞっとした。ちらりと縄手通りを引かれていく罪人の姿が浮かんできた。しかし源斎が事情を説明してくれるはずだし、みんな月江が殺したのではないことはわかってくれるだろう。

不意に、今小雪に起こったことを源斎に報告して、身を引かせてもらうようにお願いしようか、という思いがよぎった。源斎も「いつやめてもいいから、試してみるか」といった手前もあり、納得してくれるだろう。

月江は小雪の寝顔を見つめた。目覚めている時の能面のような冷たさが消え、まるで天女のように穏やかだった。月江はじっと目を閉じて考えた。

四

「うちの母からでございます」

月江は風呂敷包みを差し出した。子どものようにうきうきした様子で、現夢和尚は風呂敷の中の薄経木《うすきょうぎ》を開いた。

「花見団子じゃないか。ありがとう。お前さんのお母さんは優しいなあ」

現夢はそう言って小さな子どものように相好を崩した。風呂敷を包みなおしながら言った。

「元気がないな。何か悩みがありそうだな」

「はい、それで相談に寄らせてもらいました」

月江は源斎の筆写の仕事をしていること、そして小雪のところに行っていることなどを打ち明けた。

「源斎の仕事は無くなったと思っておったが、やはり頼み込まれたか。だが、源斎にはお前が必要なのだろう」

と現夢はうなずいた。

「源斎先生は仲良うなって、薬を飲めるように持っていってくれ、と言わはりました。

けど、小雪様の容態はそんな生易《なまやさ》しいものやあらしまへん。恐ろしい思いをしました」

月江は体験をつぶさに打ち明けた。

「うちの前で死なれたらどうしまひょ」

「そうか、困ったな」

月江は涙ぐんだ。現夢は笑いだした。

「大先生は自分は逃げ出しておいて、お前を差し向けるとはなあ。じゃが、源斎はしたたかな奴だ。お前ならできると見込んでいる。小雪は死ぬような病ではないはずだ。ちゃんとそのことを見越して、お前を差し向けたに違いない。少し、考えすぎじゃないのか」

「そうどすやろか」

「怖かったらやめればいい」

現夢はあっさり言い放った。

「そんな……」

月江は口元をゆがめて頭を左右に振った。

現夢が優しい声になった。

「お前が小雪とやらを助けたい、という気持ちはよくわかる。同情心というのは崇高なものだ。だが人助けというのは、言うは易《やす》いが、いざ実行するとなると、これ程難しいものはない。しいものはない。場合によっては、我が身まで巻き込まれて、危うくなることもある。溺れている人を助けに行って、その人まで死んだという話はよく聞くだろう。人助けにはそれなりの覚悟がいる」

月江はじっと下をむいて聞き入っていた。

突然、現夢が、

「続けたいのか、やめたいのか、どっちだ」

と厳しく迫ってきた。月江はびくりとした。

「続けとおす」

とっさに答えていた。現夢は再び穏やかな口調に戻った。

「やる以上は『常に一直心《いちじきしん》を行《ぎょう》ず』だ」

「いったいどんな意味どすか」

「『六祖壇経《ろくそだんきょう》』にある。直心とは、何事をやるにも、ひたむきにやる心のことじゃ。人はとかく、できるとか、できないとか、煩悩に苛《さいな》まれやすい。いろいろ口実をつけて逃げ出そうとする。だがどうせやるのなら、そんなことは関係なくただ真っすぐやり抜く」

月江は思い煩ってきた自分が恥ずかしくなった。

「わかりました。うちはつい、楽な道を選ぼうとしていたのどすね。小雪様が薬を飲むようになられる日を目指して、一直心を持って通ったらよろしおすね」

「その通りだ、小雪の問題じゃない。それはお前自身のことなのだ」

「はい、わかりました」

「話ができないからと言って、心が通じないわけではない。黙って顔を合わせて座っておけ。一直心は必ず伝わる」

「おおきに」

月江が一礼して立ち上がろうとした時に、和尚が立ち上がって障子を開いた。早咲きの桜の花弁が朝の光を背後から浴びて鮮やかに浮かび上がっていた。

「せっかくだから、花見団子をいっしょに賞味しようじゃないか。一人よりも、お前みたいな若い娘と食う方がうまい」

現夢はそう言って、月江の顔を振り返った。

五

月江は現夢に言われた通り、ただ一直心をもって小雪のところに通い続けた。つらいとか、いやだとかいう気持ちを封印した。何が起ころうと、それはその時限りのことだと覚悟した。

《小雪様、どうぞお薬を飲むようになってください》

月江はひたすら祈っていた。

その時によって小雪の気分は激しく変化した。いきなり平手で月江の頬を叩《たた》いたり、幼い子どものように胸にもたれかかってきておいおい泣くこともあった。また狐のように叫んだかと思うと、両手を合わせて拝んだりもした。そのたびに月江はやるせなくなったが、表に出さないように我慢した。帰り道の夕闇の中で情けなくて涙がこみ上げることもあった。

次第に、《自分だけ力んでも仕方がない》ということに気がついた。自分の役割は小雪の様子を注意深く観察して、ありのままに源斎に伝えることだった。月江は考えを整理しようと、その日にあったことを丹念に日記に書いた。

食事をとらない日が続くこともあった。

「ちょっとでも食べはらんと、身体がもちませんえ」

おむすびを割って小雪の口元に持っていった。しかし小雪は手で払いのけたり、月江に投げつけたりした。顔や着物に飛び散ったご飯粒をひとつひとつ丹念に拾いながら、月江は、

「お米を粗末にしてはあきまへん」

とまるで子どもに言いきかすように注意した。もちろん小雪に聞く耳はなかったが、当たり前のことはちゃんと教えてやることにした。

ある日、思いついて稲荷寿司や油揚げや豆を持って行ってみた。小雪は飛びつくように、両手で口に押し込んだ。月江は行儀作法もわきまえない姿を呆れて見つめるばかりだった。小雪が自分が狐になったと信じているのは間違いないようだった。

日々の積み重ねは大きかった。次第に小雪は月江を邪魔にしなくなった。月江は掃除に来ているのであって、それ以外に他意はないということをわかったようであった。掃除を邪魔しない日が出てくるようになった。そんな時は嬉《うれ》しくて、

「おかげさんで、きれいになりましたわあ」

と月江は笑いかけた。だが小雪はそっぽを向いて、決して答えることはなかった。

座敷牢の中はだんだん清潔になっていった。月江は家にあった白檀《びゃくだん》のお香を持ちこんで焚《た》いた。自分のいない時にはお香を焚かず匂い袋を置いた。染みついていた悪臭も薄らいでいった。

しかし荻野屋の奉公人たちはこれまで以上に冷淡になった。お香まで焚きだしたので、月江が狐と一緒になってまじないでもやっているように疑われているようだった。女中たちは月江が通ると顔をしかめさっと身を避けた。梅でさえ用事を頼んでも、聞

こえていない振りをすることがしばしばあった。彩乃も幣次も、源斎の往診の時でさえ姿を見せることはなかった。

彩乃は継母とはいえ、経過くらいは訊ねてきそうなものだった。

《ご両親まで小雪様の狐を怖がっていらっしゃるのだろうか》

お世話を終えて帰る頃はいつも薄暗くなっていた。月江は時折、背後に異様な気配を感じた。

その日もそうだった。月江は背筋が寒くなって歩みを止めた。振り返って念を入れて見てみたが、人々が行き交っているだけで特に変わったことはなかった。

月江は不安に襲われた。これまではひたすら源斎の「狐憑きは迷信で、本当は病気だ」という言葉を信じてやってきた。だが、周りの人は狐憑きを信じておびえていた。単なる迷信に過ぎなかったら、こんなに多くの人が信じているはずはないだろう。

《うち、狐につままれているんやないやろか》

月江は怖くなって小走りで療治所に戻った。

「ただ今帰りました」

月江はいつものように診察室の源斎の前に座った。その日も源斎は書き物をしていたが、筆を置くと、

「どうだ、薬を飲みそうかな」

と訊ねてきた。

「いいえ、まだお薬を勧められるような様子ではございません」

「そうか」

「実は先生……」

月江は坐《すわ》り直した。

「怒らんと聞いておくれやすか。実は狐憑きのことどすにゃけど……」

源斎がけげんな顔をした。

「狐憑き……それがどうしたんだ」

「小雪様は厚揚げのたいたんや稲荷寿司などをえろぅお好みのようです。それに……」

月江は口ごもった。

「この頃うちまで荻野屋さんから帰る時、狐に後をつけられているような気がして、ぞっとするんどす」

「そうか、狐憑きが怖くなったか。だったら実際に調べてみたらどうだ。わからんから怖いのだ。わかるようにするのが学問だ。わしの本は自由に調べてよろしい」

月江は源斎の蔵書を紐解いて、狐憑きについて調べ始めた。興が乗りすぎて深夜になることもでてきた。療治所に泊まり込むことが多くなったが、舞妓の勤めや稽古ごとは決して休まなかった。

母親が心配して、

「そんな無理をして身体でも壊したらどうするんえ」

と再三忠告した。しかし月江は、

「うち、好きなことをさせてもろてますにゃさかい大丈夫どす。かえって元気が出ます。嫌いなことやったら、病気になるかもしれまへんけど」

と答えた。

「そうか、気さんじな娘やなあ。ほんまに、あんたは根っから勉強がすきなんやなあ」

母はそう言ってため息をついた。

六

五月雨《さみだれ》が庭の篠竹に降りかかる音がしている。その夜も月江は療治所の台所の隅で筆写を続けていた。源斎が呼んだ。

「狐憑きはどうだ。わかったか」

書斎に入ると、源斎が機嫌よく訊ねた。

「はい、色々と本を読ませていただきました」

「ほう、どんなことがわかった」

源斎が目を向けてきた。これまで調べたことを話せると思うと、月江はうれしくなった。

「狐憑きの話は仰山あります。昔から狐は神獣として敬われてきてて、平安時代の公文書、延喜式《えんぎしき》第二十一巻治部省《じぶしょう》には、九尾狐、白狐、玄狐、赤狐の名が記載されていました。格式《きやくしき》ばかりではありません。今昔物語にも狐憑きの話があります」

「どんな話だ」

「文徳天皇の女御が物の気を患い、有名な僧を集めて様々な御修法《みしほう》を行いました。けど、効き目がありませんでした。その時、大和国葛木山《やまとのくにかずらきやま》に貴い聖人《しようにん》がいるという噂が、天皇の耳に入ったんどす。その聖人を呼んでお加持をしてもらいました。その最中に、女御の侍女が泣き叫びました。聖人はお加持を続け、その力により侍女は縛られて打ち据えられました。するとその侍女の懐から老いた狐が飛び出してきて倒れました。聖人は狐を繋《つな》いで諭したということです。その後すぐ、女御は回復された、と……」

源斎が首をかしげた。

「その聖人はいったい何といって諭したんだろうか」

「へえ、うちも調べてみたんどす。平田篤胤《ひらたあつたね》の説では『狐は獣であり、人間よりも偉いということは、あってはならない』と教え諭したとあります」

「なるほど」

「学問の本にも狐憑きのことが書いてありました。たとえば貝原益軒《かいばらえきけん》の『大和本草』にかて、狐が人の魂に取り憑いて心をかき乱すことが記されてます」

「確かに狐憑きの根は深いのだ」

「はい、古文書にも物語にも学問の本にも出てくるくらいですから、何百年も人々の心の奥に染みついてきたんです。皆さんが信じたのは当たり前どす」

「なるほど、狐憑きは文化の一部になっている。そうなると、理屈だけ並べ立てて説得しても無駄なわけだ。世間がわしよりも西海何某の話を信じているのも当然だ」

源斎は顔を曇らせた。

「ところで、狐憑きになるとどうなるか、書いてあったか」

「はい、『叢桂亭医事小言《そうけいていいじしょうげん》』に書いてありました。狐には上下があって十三種あるのだそうです。下位の狐や野狐にとりつかれると、訳のわからないことを口走ったり奇妙な仕草をしたりして、稲荷やお赤飯を大量に食べます。これはすぐ祈禱すれば追い出すことができます」

「内儀の言う上狐はどうだ」

「はい。上狐はとても一筋縄ではいかないようです。上狐にとりつかれると見分けるのが難しくなります。狐憑きかと思えば、単なる乱心のようでもあるんです。夜も眠らなくなり、死のうとしたりする。たくさん食べたり、好みが変わったりする。位の下の者と話したがる。憂うつそうに顔を伏せる。脇の下をさわらせない。背を押すと怒りだす。鍼灸《しんきゅう》や紫円《しえん》は効果がある。狐憑きは、脇の下に動く塊ができる。手の親指を隠す。両方の脈が異なる。このような場合には、巴黄雄薑湯《はおうゆうきょうとう》（「薑」はしょうがの別名）などを用いる。大便瀉下《しゃげ》すると改善される、とあります」

源斎が呟いた。

「瀉下薬が効くとすれば、狐は腹の中に入るのか……」

月江が笑い出すと源斎も苦笑した。

真面目な顔に戻ると月江が質問した。

「先生は小雪様が狐憑きではない、と言わはりました。けど何を根拠にそうおっしゃるのどすか」

源斎はしばらく考え込んだ。

「実は、根拠があってそう言ったわけではない。これは非常に難しい問題だ。医書を調べてみると諸説ある。香月牛山《かつきぎゅうざん》先生も邪祟病《じゃすいびょう》があると書いておられる。邪祟病とは狐狸《こり》犬猫の類が婦人女子に妨げをなすということ、つまり狐憑きはあるということだ。一方安藤昌益《あんどうしょうえき》先生は、自然は自然であり神も仏もないと説かれた。そうすると、もちろん狐や狸《たぬき》が人をたぶらかすことなどない。それどころか、先生は聖人までも糞よばわりされた。狐狸がいないのだから、聖人がいないことは当然だ」

源斎は難しい顔で言った。

「さて、周りの医者は癲狂を狐惑病《こわくびょう》などと呼んで、別扱いにしている者が多いようだ。尊敬申し上げる香川修庵《かがわしゅうあん》先生もほとんどは狂であり、真の狐憑きは百千のうち一か二である、と書いておられる……」

急に源斎は話をやめた。すかさず月江が訊ねた。

「ほな、わずかやけど、狐憑きはあるてことどすか」

「修庵先生の書き方は含蓄が深くて、文字通りには取れない。わしの推察するところ、先生は、狐憑きはよくわからないところがあるから、結論を保留されたのではないだろうか。現に、これまでわしも癲狂の人を大勢診察してきたが、確かに稀《まれ》にどうしようもない者もおる」

源斎は続けた。

「なぜ狐憑きではないかと問われると、はっきり論駁《ろんばく》できるだけの反証を上げることができない。そもそも、癲狂そのものがわからんわけだからな」

「とどのつまり、やってみんとわからへんていうことになりますねえ」

「そうだ。しかしまず心配には及ばない。これまでの経験からほとんどうまくいっておる」

「うち、小雪様があんな風になられたのは、何か理由があってのことやないか、という気がいたします。祇園でも好きな人に裏切られて、気が触れた方をお見かけしたことがありますえ」

「確かにそうだ。医学は迷信ではない。迷信は言い伝えを信じるだけだが、医学はちゃんとした根拠を求める。小雪の場合も、病気になった経緯がどうであるか、調べないといかん」

「誰か、小雪様のことを知っている人を探してみます」

「それができればいいのだが、みんな知っての通り逃げ回っておる」

源斎はため息をついた。

「お酒でもお持ちしましょうか」

「よし、一緒に飲むか。よく調べたご褒美だ」

「へえ」

月江はにっこりして立ち上がった。

七

その日は嬉しいことがあった。牢の中に入った時、小雪が月江の顔をまっすぐ見た。その目にどこか甘えるような気持ちが感じられたのだ。

これまで小雪は月江を勝手に入り込んできた得体の知れない者と思い込んでいた風で、敵意がみなぎっていた。それが、どうやら世話に来ているということを漠然と感じだしているようだった。月江は敵意が少し薄らいだのが嬉しかった。

掃除の手間はそれほどかからなくなったが、その代わり月江は時間を持て余した。現夢和尚は「黙って顔を合わせて座っておけ」と言ったが、月江は自分から話しかけることにした。

話の種はいっぱいあった。世間の出来事、巷《ちまた》のうわさ話、四条河原の歌舞伎や見世物の話、それから自分の舞妓の生活など、頭に浮かぶままに語った。聞いているのかいないのか、小雪は勝手に寝転がったり、あちこち歩きまわったりしていた。その動きの方に顔を向けながら月江は話した。

だんだん小雪は月江の話をうるさく思っている風ではなくなってきた。

《もう少し待てば、きっとお返事していただける日もくるだろう》

次の目標として小雪の身なりを整えることにした。しかし汚れた手を拭いてやろうとしても、小雪は頑《かたく》なに拒んで袖の中に隠すばかりだった。

いつも通りの時間に月江は荻野屋を出た。夕闇に包まれた六角通りには初夏の芳しい新緑の香りがした。家から洩《も》れた光が深く生い茂った藤や芍薬《しゃくやく》の花をおぼろに照らしていた。

出し抜けに全身が緊張した。やはり、いつものように後をつけてくる者がいる。

《狐のはずはない。今日こそ誰かはっきりさせよう》と決心すると、胸が早鐘のように打った。《まだ人通りはあるし、何か起こっても誰か助けてくれるだろう》

月江は足を速め、そして突然立ち止まった。素早く振り返ると、男が立ち止まるのが見えた。

再び速足で歩き、あられ屋の前で足をとめた。案の定その男もその場しのぎに、うどん屋の暖簾の中をのぞきこむふりをしている。

不気味だった。

高倉通りまで来た時、月江はさっと右に折れて走り出した。目に入った家と家の間の隙間に素早く身を隠した。そっと様子をうかがっていると、男が一人、立ち止まってあちこちを見回している。目の前に進んで来たところでいきなり顔を出した。

「うちに何かご用どすか」

「ひゃっ」

男は小さな悲鳴を上げた。すぐに月江を認めるとうろたえながら、

「すいまへん。怪しいものじゃありません」

そう言って何度も頭を下げた。藍縞《あいじま》の袷羽織《あわせばおり》を着て、歳《とし》の頃は二十五、六歳、おどおどした目つきをして、逆に月江を怖がっている気配である。薄闇に目が慣れてよく見ると見かけたことのある顔だった。

「実は、ちょっとおうかがいしたいことがありまして……小雪様のことなんです」

「小雪様と、どないなお知り合いどす」

「失礼しました。私は荻野屋で中番頭を務めております忠助《ちゆうすけ》と申します。小雪様がどんなお具合なのか、心配でなりません。様子をお訊ねしたかったのです。これまで何度もお声をかけようとしたのですが、どうしてもできませんでした。出過ぎたことでございますので……」

澄んだ目をしていた。背丈は五尺六寸（約一七〇センチ）はあるだろう。おどおどしているところを見ると、気が小さいようだった。

「突然、見ず知らずの私が、お嬢様のことをおうかがいしても、お答えしにくいことは重々わかっております。ましてや身分も違いますし……でも、心配でたまらなかっ

たものですから」

「うちは源斎先生のお手伝いで、小雪様の身の回りのお世話をしにおうかがいさせていただいてます。小雪様の病気のことをお話ししたら先生に叱られます。あなたがもし荻野屋の旦那様のお許しを得ていやはるにゃったら、直接先生にお訊ねください」

忠助は両手を横に振った。

「滅相もございません。中番頭ごときが旦那様にそんなことを申し上げたら、それこそ罰が当たります。あなたは親切そうなお方やし、こっそり教えていただけるとばかり思ったものですから。失礼をお許しください」

そう言ってまた何度も頭を下げた。

「何でまた、そんなに小雪様のことが心配なんどすか」

「実は以前はずっと、小雪お嬢様のお付きをさせていただいておりました。六歳で、お稽古に行かれるようになった頃から……ところがこのところ、余りにも変わり果てたお姿になってしまわれました。最近になって、源斎先生が往診に来られて、狐憑きではなくて病気だとおっしゃったとか。そんな噂を聞きました。私もそう思っていたのです。いろいろ悲しいことが重なって、ご苦労のせいで病気になられたような気がしてなりません」

忠助はうなだれて手の甲で涙をぬぐった。その姿を眺めているうちに、今年の正月、祇園社の初詣の列に並びながら頭を垂れて涙を流していた男の姿が浮かんできた。

《あの涙の理由は小雪様のことだったのか》

そんな思いが脳裏を過《よぎ》った。

「小雪様に治ってほしいのどすな」

「もちろんでございます。私の願いはただそれだけでございます」

「きっと、あなたのお心は通じますえ」

「本当ですか」

ゆっくりと月江は続けた。

「源斎先生のところに行きまへんか。先生に紹介してあげまひょ。そこで小雪様のご容態をうかがわはったら、どないどすか。ほんでお元気な頃のことやら、今おっしゃった小雪様のご苦労がどんなものだったか、いっぺんお話ししてくれはりませんか」

忠助は体を引いた。

「いえ、私ごときが失礼でございます」

「小雪様のためになるんどす。治ってほしいのどっしゃろ」

月江は毅然《きぜん》として袖を引っ張った。

「さあ参りましょう。うちが案内して来たと申し上げまっさかい、心配いりまへん」

第三章　忠助の追憶

一

「ただいま帰りました」

月江の声がした。いつになくうわずっていた。

「会っていただきたい人を案内してまいりました。勝手なことをいたしましてすんまへん」

診察間で備忘録に目を通していた源斎は、「入れ」と応じて顔を上げた。

月江に押されるようにして若い男が入ってきた。きちんとした身なりで、目を伏せ、顔を赤らめてもじもじしている。男を座らせると、月江もその横に寄り添うように座った。男は心細そうにちらちらと月江の方をうかがっている。

「荻野屋の中番頭の忠助さんです」

月江が紹介すると忠助は深々と頭を下げた。

月江は淡々とここに連れてきた次第を説明した。「小雪様」という名前が出るたびに忠助の口元がこわばった。月江の話が終わると、

「どうしてお嬢さんのことがそんなに気になるのだ」

と、源斎はあらためて忠助を注視した。澄み切った目をして純粋そうで、小雪にからんで金儲けでも企《たくら》んでいるような気配はなかった。

「話せば長いことになりますが……」

「かまわん。診察も終わったところだ」

こう言いながら源斎は月江を見やった。月江は真面目くさった表情だったが、興味と喜びを押し隠しているのは見え見えだった。

忠助は大きく息をつくと話し始めた。

「私は十歳の時に、越前から荻野屋に丁稚《でっち》奉公に上がりました。もう十四年ほど前のことでございます。小雪様はその時、三才でいらっしゃいました」

思わず源斎は身を乗り出した。

「何しろ荻野屋のたった一人の娘さんでございます。旦那様は可愛くてならないご様子でございました。お内儀様はたいそう美しいお方で、田舎者の私には眩《まぶ》しくてなりませんでした。品よく垢抜《あかぬ》けされて、お着物は人様からお手本にされるほどでした。幼い小雪様にもおべべを別誂《あつら》えされたり、それはもういとおしんでおいでございました」

忠助は過ぎ去った日をしのぶように目を閉じた。

「毎年の桃の節句は華やかでした。庭の方からしか見られませんでしたが、小雪様はお母様と一緒に、桃の花を飾った雛壇の前に座っておられました。市松人形と見紛《みまが》うばかりの可愛らしさでございました。

そうそう、祇園社の花見の時には、敷物やお弁当などを運ばせていただき、お供させていただきました。満開の花の下で、小雪様は旦那様やお内儀様と、色とりどりの花見弁当を召しあがっていたものでございます。春霞《はるがすみ》に彩《いろど》られた東山の情景が今でも浮かんでまいります。幸せを絵に描いたよう、と言うのはあのようなお姿のことを申しますのでしょう」

忠助の口元にかすかな笑みが浮かんだ。ふと源斎の脳裏には、髪を振り乱した小雪が白木の囲いに背を当ててじりじりと動いていく姿がよぎった。

「六歳になられるとお稽古事を始められ、お師匠さんのところに通われるようになりました。私は旦那様から直接お付きを命じられたのです。駕籠の乗り降りのお手伝い、お師匠さんの家の玄関までご一緒して、無事に送り迎えさせていただくのが勤めでございました。

穏やかな毎日でございました。小雪様は年を追うごとに美しくなっていかれました。遠目に小雪様を眺めて、このお嬢様の旦那様になるのはどんな人だろうか、と想像したものです。

用事を仰せつかってお住まいの方におうかがいした時など、いつも手習いされるお琴の音が聞こえてまいりました。私のような素人が聴かせていただいても、素晴らしく澄んだ調べでございました。しばしばお師匠さんのところでお琴の会がありましたが、皆様、小雪様のお上手なことにびっくりされていたそうです。帰りの駕籠に乗られる時、私の顔を見て、『忠助や、褒められたえ』と、いつもにっこりなさいました」

　軽やかだった口調が急に重苦しくなった。

「六年ほど前の事でございました。どうしたことか、旦那様が家に戻ってこられなくなったのです。店には高台寺《こうだいじ》の近くの別宅から通ってみえるということでした。やがて年若い女と一緒に住んでおられるという噂がたちました。当然のことながら、お内儀様のお耳に入ることにもなりました」

　忠助はため息をついた。

「その頃から小雪様は外出されないようになりました。お顔を拝見できることも少なくなりました。時々お姿をお見掛けすることがありましたが、これまでのような笑顔が消えて、寂しそうでいらっしゃいました。あまりにも痛々しくて、お顔を拝見するのが辛《つら》かったものでございます。琴の音が聞こえなくなって、お住まいは陰気で冷え冷えとなりました。お内儀様はすっかり変わられ、お顔は般若《はんにゃ》の面を思わせるようでした。嵐の前の静けさといいますか、一年近くそのような状態が続きました」

　源斎は煙管《きせる》に煙草《たばこ》を詰めて火をつけた。月江は今にも泣きだしそうな顔になっている。

「とうとう、お内儀様はお暇を出されてしまわれました。それからあの広いお屋敷に小雪様がたった一人、住まわれることになりました。閉じこもったまま、外にも出られません。心配でなりませんでしたが、どうすることができましょうか。ただ小雪様のお気持ちをお察しして、こっそりもらい泣きするばかりでした」

忠助は感情が高ぶるのを抑えるかのように座り直した。

「そして、師走に入った慌ただしい日のことでした。旦那様は中村楼で盛大な祝言の宴を開かれました。私たちは総出で手伝いに出かけました。お嫁さんは二年坂の茶碗屋の娘さんで、彩乃様という方とのことでした。玉の輿《こし》とはこのことでございます。新しいお内儀様が到着された時のことはよく覚えております。重い灰色の雲に覆われた、みぞれ混じりの日のことでした。お屋敷には餅つきの威勢のいい掛け声が響いていました。私たち奉公人はみんな正装して店の前に並んでお迎えしました。大番頭さんと私がお内儀様を先導いたしました」

忠助の口元がゆがんだ。

「小雪様は後ろから女中のかなえさんに支えられて、玄関の前に出迎えに立っておられました。色濃く頬紅を塗っておられましたが、死人のように無表情でございました。小雪様は新しいお内儀様に深々とお辞儀をされました。お内儀様はうなずかれ、小雪様の手を取られました……」

　忠助は首を左右に振りはらはらと涙をこぼした。源斎は煙草の煙をゆっくりと吐き出した。顔を伏せて手ぬぐいで涙を拭うと、忠助は気を取り直して鼻声で続けた。

「新しいお内儀様は並ぶ者もないほど美しいお方でございます。前のお内儀様も器量のいいお方でしたが、いかんせん新しいお内儀様はまだお若いですから。いつもお祭りのようにおしゃれをしていらっしゃいます。旦那様が夢中になられるのも無理はございません。

　それからというもの、旦那様は以前のように花街に足を向けられることもなくなり、浮いた噂も聞こえなくなりました。仕事一途に励まれました。おかげさまで荻野屋もこれまで以上に繁盛いたしました。もっぱらの噂では、お内儀様が大随求菩薩《だいずいぐぼさつ》を信仰しておられて、そのおかげ様ということでございました。

　そうこうしているうちに、小雪様が狐憑きになられたという噂が立ち始めました。初めはまさか、と信じられませんでした」

　苦しそうに顔をゆがめて忠助は洟《はな》をかんだ。それからしばらく黙り込んでいたが、気を取り直すようにして再び話し出した。

「ところがやはり本当だったのです。ちょうど私は店先でお客様を見送ったところでした。すごい金切り声が聞こえました。と同時に、小雪様が髪を振り乱し、夜着に赤い着物をひっかけただけで、胸も足もむき出しのまま走ってみえました。すぐ後ろから女中たちが追っかけてきました。私は両手を開いて前に立ちはだかりました。でも小雪様は激しい勢いでぶつかってみえましたが、私は倒れそうになりましたが、ようやく『お嬢様、いけません』と押しとどめました。小雪様は火のように怒って睨みつけられました。私は必死で申し上げました。『さあ、戻りましょう。お客様がいらっしゃいます』。

その瞬間でした。小雪様は私を見つめると、

『忠助どん』

と呼ばれたのです。私はあっと息を呑みました。お口ぶりは昔の小雪様のままでした。そこを女中たちが三人がかりで押さえました。引きずられるように連れていかれながら小雪様が後ろを向いて、じっと私の方を見つめられたのです。しかも顔にふりかかった髪の間から、にっこりなさいました。夢を見ているのではないか、と思いました。あの眼差し……あの笑顔……お稽古に通われていた時分と変わりませんでした。私はただ呆然と後ろ姿を見送るだけでした」

忠助は絶句すると同時に声をあげて泣き出した。抑え続けてきた悲しみが堰《せき》を切ってあふれ出したようだった。上下する丸まった背中を、月江はもらい泣きしながらさすった。

源斎には忠助の小雪への思いが伝わった。丁稚とお嬢様という、天と地ほどもかけ離れた身分同士で、絶対に結ばれることはありえない関係である。だが忠助はひたすら、星を見上げるように小雪に憧れていた。小雪もそれを感じ取ってうれしく思っていた。あたかも二つの甘美な香りが交流するようなものであった。若者同士にとってはそれで十分であり、またそれが若さというものでもある。

源斎は泣き続ける忠助を見ながら考えた。

《この男はただ純粋に治してほしいとすがっている。何とか期待に応えてやりたいものだ》

しかし源斎は常々父親の口にしていた言葉を頭に浮かべた。「治したいと医者が力むほどに、逆に治らないものだ。冷たいようだが、冷静に距離を取って対処しなければならぬ」。源斎は心を引き締めた。慰めの言葉もかけず、忠助が落ち着くのをじっと待っていた。

忠助は洗面所に立った。月江が案内した。

「失礼いたしました」

月江と一緒に戻ってくると、忠助は一礼した。

「あの時私は、小雪様は絶対に狐憑きではないと感じたのです。けれども、その後小雪様は突拍子もないことを繰り返されました。一度は家を抜け出されて、行方がわからなくなったこともありました。みんなで手分けして探しましたが、結局深草の伏見稲荷の近くにお住まいの、昔のお内儀様の家で見つかりました」

源斎は煙管を火鉢のへりでかつんと叩いた。

「家から逃げ出して実の母親のところへ行ったのだな」

「はい、そうでございます。お気の毒なことに、それから三月ほどしてお母様は亡くなられました。虫の知らせといいますか、その前に小雪様がお会いできたのが、せめてもの慰めだったと思います」

「亡くなられたことを小雪さんは知っておるのか」

「さあ、わかりません」

源斎は月江の方を見た。

「お前はどう思うか」

「小雪様は全然お口をきかれまへん。ただうちの言うことは、わかっておられるような気がします。もし誰かが教えたとすれば、お判《わか》りになってるはずどす」

「幣次殿に聞いてみないとわからないが、母親の亡くなったことぐらいはお伝えになっただろう。もっとも小雪さんが何もわからないと思って話されなかったかもしれぬが……」

「かわいそうどすねえ」

月江が涙ぐんだ。忠助が続けた。

「旦那様も心配なさいまして、頼まれたお内儀様はあちこちの神社にお祓いに行かれたり、山伏に加持祈禱をお願いされたりしておられました。けれどもその甲斐《かい》はなかったようです。とうとう小雪様は座敷牢に入れられてしまいました。それ以来お姿を拝見しておりません」

沈黙の中に子《ね》の刻（午前零時頃）を告げる鐘の音が響いた。忠助が源斎の方ににじり寄った。

「座敷牢から出られるようになられるでしょうか」

「小雪さんは大層な苦労を味わっておる。実母との別れと死、その上葬式にも出られなかった。そして彩乃殿との関係。若い娘にはあまりに酷《むご》すぎたようだ。だがそれだけであんな癲狂になるのだろうか。何かもっと深い事情がありそうな気がする。その辺のいきさつをしっかり調べてみなければならぬ。それにしても、今はともかく慰めてやるしかない。だが、慰めるほど難しいことはない。口先だけではどうしようもないし、逆に追い込んで一層つらさを募らせる危険もある」

月江が言った。

「うちは何も言わずに一緒に居てあげるだけで、ええと思います」

「そうだな。うるさがられない限り、それしかない。人間は一人でいるほど、寂しいことはない」

　源斎は忠助の方を向いた。

「お前も知っての通り、今は月江が座敷牢に訪ねて行って一緒に過ごしている。少しは小雪さんにも慰めになるだろう。だがまだ、薬を飲みそうにない。まあ月江のことだから、うまく説得するだろう。飲むようになればしめたものだ。いずれにせよ、以前は食が細ってやせていたが、この前往診した時は少しふっくらしていた。少しずつよくなっていることは確かだ。もう少し待っててくれ」

　忠助は畳に額をこすりつけた。

「何とぞよろしくお願いいたします」

「よくぞ、わしのところに来てくれた。心より礼を言う。非常に参考になった」

　忠助と月江は顔を見合わせてにこりとした。源斎が続けた。

「何かわかったら、どんな些細《ささい》なことでもいいから月江に知らせてくれ」

「きっと、そういたします」

　忠助が力強く答えた。月江が源斎を向いた。

「忠助さんに様子を聞かれたら、どうしたらよろしおすか」

「ありのまま話してもかまわない。できれば二人でよく連絡を取り合って、小雪さんのことを調べてくれ。あの子の味方はお前たちだけじゃないか。治したいと願う者同士、協力しなければならぬ。必ず治療に生かせるはずだ」

元気よく帰っていく忠助の後ろ姿を源斎はしんみりと見送った。

《この男の期待に応えられるだろうか》

自信はなかったが、やるしかなかった。

二

朝の診察を始める前に八重が入って来た。

「よろしいでしょうか」

うつむいて、おずおずと薬種問屋の書付をさしだした。源斎はろくに見もしないで、

「あいわかった、もういい」

とすぐ戻した。

だが八重は座ったまま動こうとせず何か言いたげだった。源斎はうんざりして横にあった医書を開くでもなく手に取った。今更八重に指摘されなくても、薬屋への借金の返済が滞っていることは、わかりすぎるほどわかっていた。原因は貧しい患者からお金を取らないで薬を与えていること、そして値段の高い薬を使っていることにあっ

た。

「先生」

八重がかすかな声で言った。

「もう、いい、わしは忙しい」

源斎はぶっきらぼうに言った。しかし八重は取りすがるように、

「せめて蘭方薬をお買いになることだけでも、我慢してくださいませ」

と懇願した。源斎はそっぽを向いて答えなかった。ようやく八重はまぶたに指を当てて立ち上がった。

《しつこいやつだ》と源斎は思った。

漢方と蘭方を合わせた折衷医療をする源斎の薬代は大きな額に上った。安い薬を使う手もあったが、粗悪品や偽物が混じっていることも多く、医者としての誇りが許さなかった。また次々と現れる蘭方薬は、使ってみないとわからないところがあるにしても、いかにも効きそうに見えた。源斎は蘭方薬の香りを嗅ぐたびに胸がときめいた。

《真面目に治療をして、それで療治所が成り立たなければやむを得ぬ》

最近源斎は居直っていた。薬屋の方は五代も続いている小島療治所が潰れることはないと見込んでいるようで、次から次へと新しい薬を持ち込んできた。

京には薬種問屋が百五十軒ほどあって、それぞれの店は扱っている生薬の品質に応

じて格付けされていた。また薬種の真偽鑑定のために和薬改会所《わやくあらためかいしょ》を再開するなどして、質の高い薬を販売しようと努めていた。だがそれなりに値段も跳ね上がった。さらに蘭方薬まで取り扱いだして、儲かって笑いが止まらないという噂だった。医者は薬屋の巧みな売り込みに踊らされているようなものだった。

診察が一息ついた時であった。

「先生、大繁盛ですなあ。さすがは京洛《きょうらく》随一の評判通りです」

八重を通すこともなくいきなり男が入り込んできた。二条東洞院《ひがしのとういん》の薬種問屋、近江屋《おうみや》の番頭の弥平《やへい》だった。四十過ぎて頭が禿《は》げ上がり吊《つ》り上がった目をしている。手もみしながら愛想笑いを浮かべ、何度も頭を下げた。そしていつものように風呂敷包みを差し出した。

「お口に合いますかどうかわかりませんが、たまたま珍しいものが手に入りました。南蛮渡来の菓子でございます。先生に召し上がっていただけたら、とお持ちしました」

源斎は横目で見ただけで包みは開かなかった。

弥平は殿様の前にでもいるように馬鹿丁寧だった。あちこち医者のところを回っているので、あそこは患者が多いとか少ないとか、すぐに治るとか治らないとか、あの先生に女ができたとか、世情に通じて話がうまかった。源斎は弥平が来ると肩がほぐれた。しかし八重は毛嫌いして、いつも「弥平さんには騙《だま》されないようにしてください」と忠告していた。

弥平は満面に愛想笑いをたたえて話し始めた。

「先生は蘭方も権威者でいらっしゃいますので、十分ご存じでございましょうが、蘭方医の前野良沢先生が、漢方医の治せなかった京都西本願寺の門主を治癒させなさいましたのは有名な話でございます。それ以来、多くの先生方が蘭方薬を使い始められまして、今、京の町では大変な流行となっております。先生の先見の明にはただただ頭が下がります」

弥平はもみ手しながら続けた。

「つきましては、長崎から選《よ》りすぐった品が続々と入ってきております。新しい目録を持ってまいりました。もちろん、先生が最初でございます。何しろ世の中の先を走っておられますから……どうぞご覧になってください」

弥平はうやうやしく冊子を取り出した。

「阿蘭陀語で書いてありますので、先生しかおわかりになりません。私どもには判じ絵みたいなものです。先生は特別でいらっしゃいますからねえ……」

源斎は受け取ると、阿蘭陀語で、

「うえいんすてーん（制酸剤、健胃、緩下剤）、かちゅ（止血、下痢止め）、ひよすちゃーむす（アトロピンを含む）、いすらんすもす（肺結核などの薬）、かろめる（水銀製剤、梅毒の薬）……」

と次々に読み上げていった。

「いやはや、さすがでございますねえ。先生の阿蘭陀語のお上手なことは知らぬ者はおりません……」

「それにしても高いな」

源斎が目録を下ろしてぽつりと言った。

「はるばる海を渡ってきたわけでございますからねえ。それだけに貴重で、目を見張るような効き目がございます。是非とも先生、使ってくださいませ」

「そうか、よし、いすらんすもすを使ってみるか」

そう言いながら源斎の胸はきりきりと痛んだ。

「さすがにお目が高い。いやはや、恐れ入りましてございます。早速、お届けさせていただきます。先生に診ていただく人は幸せですなあ。医者を選ぶも命のうちと申しますから」

帰り際に弥平はいつものように願い事を口にした。

「小島家の家伝薬の事でございますが、そろそろうちの方で売薬として売り出させていただけませんか。ご存じのように、竹田家家伝の『牛黄円《ごおうえん》』などはよく売れております。山東京伝《さんとうきょうでん》の『読書丸』みたいにうまく口上をつけたら、飛ぶように売れることは間違いありません。これは世のため、人のためでございます。そうなさったら、お好きなように蘭方薬をお買いになれるじゃありませんか。一挙両得とはこのことでございます」

源斎は苦笑いして、

「御先祖の有難い薬を使うには、ちゃんとした証を見立てる必要がある。金もうけで売薬にするという訳にはいかぬ。まあ、考えさせてくれ」

と答えた。

弥平が出て行くと、入れ違いに八重が入ってきた。

「先生、近江屋には多額の借金がございます。どうしようもございません。どうぞしばらくお控えになって下さいませ」

「わかっている。これが最後だ」

源斎は力なく答えた。銭勘定はしたくなかったが、自然と幣次の顔が浮かんできた。

《小雪を何とかしたいものだ。しかし薬を飲んでくれないことにはなあ》

暗澹とした気分でいるところに、八重に案内されて喜久江が入ってきた。喜久江は飛び小紋の着物に立ち波柄の帯を締めて、相変わらず粋な姿だった。

「いつも月江がお世話になってます。先生、近頃、お見えにならはらへんし寂しおすわ」

「わしも行きたいのだが、このところ見ての通り、忙しくてなあ……」

源斎はよし屋にたまったつけのことを思い浮かべた。玄沢を案内した時の代金の支払いもまだとどこおっていた。だが喜久江はそんなことはおくびにも出さずに、持参した風呂敷包みを開けた。

「おいしい柏餅《かしわもち》をもろたんで、おすそわけにお持ちしました」

しばらくぶりに会うと、喜久江は白い肌に脂が乗っていかにも年増《としま》らしい艶めかしさがあった。

八重のいれてくれたお茶を飲み、柏餅を一緒に食べた。

「ちょっと月江の顔、見せてもらいまひょかしらん」

ひと通りしゃべってから立ち上がろうとした。

「いや、今、ちょっと患者のところに出かけておる」

嘘は言えなかった。

素直に詫びると、喜久江は、

「そうどすか」

と受け流した。源斎はほっとした。

「まだ、月江の仕事は続くんどすか。見ていて可哀そうなくらい、忙しいんどっせ。何せ、気の強い子どすさかい、愚痴ひとつこぼしまへんけど……来月は練り物もありますし……」

「すまんなあ、まだしばらくかかりそうだから、もうちょっと貸してくれ」

源斎は横に置いてあったままの弥平の包みを差し出した。

「これは貰《もら》い物で失礼だが、何かいいものらしい。とっといてくれ」

「おおきに」

喜久江はにっこりして受け取った。

第四章　祇園会

一

舞の稽古は厳しいが上達していくのが喜びだった。玄沢の前で舞った時、源斎に酷評された悔しさが忘れられなかった。

《源斎先生を見返してやりたい》

だが稽古に集中しているとそんな雑念はすぐに消えた。

その日は一度も注意がなかった。

おもむろに和歌鶴《わかづる》が言った。

「ちょっとは上達しゃはりました」

月江は耳を疑った。師匠は決して褒めないことで有名だった。師匠はさらに、

「お練りに推薦しときましたえ」

と付け加えた。

「えっ、うちをどすか」

月江は両手を胸に当てた。

「練り物は歩きながら舞います。お座敷の舞とはまた違うてます。祇園の舞には二通

りあります。一つは畳一畳の上で数人のお客さんの前で舞う秘めやかなもの。それから野外で大勢を前に舞う鳴り物入りの派手なもの。どちらもできなあきまへん。お練りに出たら、もっと上達しますえ」

「おおきに、ありがとうございます」

月江は身の引き締まるのを覚えた。

家に帰ると月江は早速喜久江に伝えた。

「お母さん、練り物に推薦していただきました」

「いやあ、それはよかったなあ。晴れがましいこっちゃな」

「けど、祇園会は言うてる間どっしゃろ」

「そら、間に合わさんとあかんやんかいさ。お練りは神聖なものやさかいなあ。足の振りや踏み方には型があるんえ。稽古をみてあげるさかい心配いらへん」

「おおきに、それと衣装をどうしまひょ」

「うちが何とか工面します。旦那さんのついてはる芸妓さんと比べたら、見劣りするかもしれんけど、あんたは初のお披露目やし、ご指名もかからへんやろ。後ろからついて行くだけやから、そんな大げさなものはいりまへんて……」

そう言うと喜久江はにこやかに笑った。

月江は母に借金を重ねさせることを申し訳なく思ったが、それでも心は弾んだ。あらためて、お花代をもっとかけてもらえるように頑張ろうと誓った。

練り物は元禄年間（一六八八―一七〇四）に始まったもので、祇園社の祭礼、祇園会の一環である。

祇園会は毎年六月に行われた。山鉾《やまぼこ》を人力で引きながら市中を練り歩いて、疫神を取り憑かせて運び、川の中に封じ込め御霊を鎮める祭礼である。先立つ五月晦日《みそかみ》に神輿《こし》を鴨川の水で清める神輿洗いの儀式がある。練り物はその日に披露され、祇園会の重要な一環をなしていた。

練り物では、花街の芸妓や舞妓が履物を履かず、裾を引きずって、その年のために特にしつらえられた様々な仮装姿で一晩中練り歩く。すべての舞妓や芸妓たちにとっては待ちに待った檜《ひのき》舞台だった。

五十一人の練り子の一員として月江は選ばれたのだった。一番後ろからついて行くだけだが、参加できるというだけでも晴れがましいことだった。月江は寸暇を惜しんで稽古に打ち込んだ。

あわただしい中でも小雪の世話は休まなかった。浮き立っている街中を通って荻野屋に行くと、座敷牢は暗鬱な闇に包まれていた。

ひっそりと座っている小雪を見るにつけ月江の心は痛んだ。せめてもと町の光景を語った。

「四条河原には床がならんで、仮屋がしつらえられて、団扇や扇子を手にした大勢の人々が集まってます。夜にはずらりと提灯が灯《とも》って、茶店、露店、芝居、狂言、浄瑠璃、見世物などの小屋の周りは、押すな押すなの賑わいです。疫病除けの祇園団子が飛ぶように売れてます。思い出さはりますやろ」

小雪は相変わらず返事はしなかったが、おとなしく聞き入っていた。かつて見た祇園会の思い出をたどっているようだった。

「うち、お練りに選ばれたんどすえ」

月江は声を弾ませて言った。小雪は何か言いたそうだったが口をもごもごさせただけだった。

祇園会の練り物の総稽古である足揃《ぞろ》いは、毎年五月の二十六日に行われ、本番さながらに祇園町界隈《かいわい》を練り歩く。無事足揃いも済み、いよいよ五月の晦日、練り物の日を迎えた。

未刻《ひつじ》（午後二時頃）に留永町で勢ぞろいして行列を整えた。まず人ごみを分ける男衆が先頭に立つ。続いて高く掲げた行灯、そして男衆に担がれた鳥居と松を載せた見附台が続く。

その後ろには前囃子《ばやし》の三味線を抱えた三人の芸妓が横一列に並ぶ。さらに二つ太鼓を載せた台車と二人の芸妓、鉦《かね》を持った二人の芸妓が従っている。前囃子の者は肩から背中に華やかな色調の胡蝶《こちょう》の羽をつけている。

少し距離を置いて、仮装した芸妓や舞妓が並ぶ。花車を引っ張る花遊びの侍女、小野小町、深草少将、金魚売、藤娘、汐汲《しおく》み女、猿曳《さるひき》、牛若丸、お染、久松、光源氏、夕顔の君、などが続く。

仮装の最後が月江だった。金色の冠をかぶり紫色の唐織衣装をまとい、杜若《かきつばた》の精に扮していた。その後ろは、後囃子の三味線、太鼓、鉦の芸妓で、末尾には幇間《ほうかん》、いわゆる太鼓持ちたちが従っている。

「コンチキチン」

前囃子が賑やかに始まると、練り物の一団はゆっくり歩き出した。一斉に拍手がわき上がった。月江は興奮と晴れがましさのあまり胸がはずみ、自然に習いたての足の振りが出た。後ろから響く後囃子に促され身体全体が踊り出した。

練り物の通り道にあるお茶屋や様々な店屋は、それぞれ提灯を吊って花を飾り、処々に八つ団子の提灯が下がり、まるで違う世界に入り込んだようだった。ぎっしり詰めかけた見物の間を、先導の男衆が威勢よく道を開いて、練り物はゆっくり進んでいった。

道路沿いにしつらえられた桟敷には大勢の見物客が陣取っていた。中には「祇園神《み》輿《こし》洗《あらい》ねり物絵容《えよう》」の摺物《すりもの》を手にして行列を眺めている者もいた。この摺物には練り物に参加している芸舞妓とお茶屋の名前、そして仮装の題目が載せてあった。また人気芸妓の上方錦絵を手にして、商家の二階から声援する人もいた。わざわざ地方から見物に上ってくる者も多いということだった。

ちょっと進んだところで、小野小町に扮《ふん》した桜井屋の小君《こぎみ》に旦那の指名が入った。練り物は歩みを止めるとぐるりと小君を取り囲んだ。普段は人気芸妓の芸は限られた人たちしか見ることはできないが、練り物ではただで披露される。黒山の人だかりだった。

小君の旦那はでっぷり太った身体で、正面の床几《しょうぎ》に悠々と腰かけ煙管を吹かしている。

小君は十二単に包まれ、丸山の枝垂桜《しだれざくら》が匂うかのように絢爛《けんらん》豪華だった。お囃子がこの日のための新しい曲を奏で始めた。小君はさっと開いた金色の扇を上にあげ、派手な振りで花吹雪のように舞った。帯の艶やかな錦繍《きんしゅう》が虹のように輝いている。

舞い終わると大喝采がわき上がった。

小君は十二単の裾をひきずって旦那の前で一礼した。旦那はその富を誇るかのように扇に乗せたご祝儀を渡した。

小君がうやうやしく受け取る。お礼の声は拍手に消されて聞こえなかった。

再び練り物が動き出した。

旦那衆やひいき衆から呼ばれるとそのたびに停止して、指名された芸妓はそれぞれに贅《ぜい》をつくした着物で新曲を舞った。一番多く止められたのはやはり須磨だった。須磨の舞は噂が噂を呼んで京中の評判となり、錦絵も飛ぶように売れていた。近くから一目見ようと人々は押し合いへし合いで、喧嘩《けんか》まで起こる騒ぎだった。

幇間は「にわか」、寸劇を演じて、混雑に殺気立っている見物人を笑わせた。練り物でも座敷と同様に、幇間の芸は芸妓や舞妓たちの魅力を引き立てた。

もちろん月江には指名はかからなかった。しかし祇園一流の舞手たちが真剣に披露する芸を目の当たりにするだけでも勉強になった。月江はやる気がみなぎってくるのを感じた。

練り物の進みは遅かった。四条通りを通ってようやく祇園社の前にたどり着いた時、西門は夕焼けを浴び朱と金色に燃え上がっていた。

祇園社の横の坂にさしかかると不意に夜の帳《とばり》が下りた。お練りは真っ暗な中を上っていった。

二軒茶屋までたどり着いた途端、突然明るくなった。おびただしい数の提灯が高い柱と柱の間にぎっちりとかかり、南門の前をまぶしく照らし出していた。

特別にしつらえた桟敷の真ん中には、京でも有数の富豪という評判の古葉三左衛門《こばさんざえもん》が座っていた。太った身体を派手な着物に包んで、まるで練り物の一員であるかのように、周りの光景に溶け込んでいた。わざわざこの夜のために着物や桟敷の垂れ幕の色を計算して選んだという噂だった。見事な色彩感覚だった。

月江はその顔に見入った。頬が丸餅のように膨らみ、平たい鼻から大きな鼻孔が正面を向き、唇は薄くて大きかった。不気味というか、滑稽というか、いかにも食欲と色欲にあふれているようだった。月江は思わず吹き出した。

突然、三左衛門の目が月江を向いた。一瞬、視線が合った。氷の先端のような鋭い光が突き刺さるかのようだった。

とっさに月江は視線をそらした。

三左衛門は光源氏に扮した宇治屋の福花《ふくはな》を指名した。

福花は須磨よりも若かったが、最近めきめきと力をつけ、須磨に勝るとも劣らない舞の名手という評判だった。金色の垂纓《すいえい》の冠をかぶり、紅色の下襲《したがさね》の上に金と銀の錦の綾なす袍《ほう》をかけていた。女でもなく、かといって男でもなく、この世の容姿を超えた姿だった。

見物人は固唾を呑んで見とれている。ここに到着するまで福花に指名がかからなかったのは不思議だったが、どうやら三左衛門の前でしか舞わないように取り決めがなされていたようだった。

妖怪《あやかし》が源氏の美貌に魅せられて誘惑しようとする。源氏はするりするりと妖怪から逃れる。福花の舞は緩急自在、千変万化しながら、逆に妖怪を追い詰めていく。

妖怪が虚空に逃げ去ったところで舞が終わった。

割れんばかりの拍手が巻き起こり、しばらく鳴りやまなかった。

夢中になって拍手している月江の後ろから呼ぶ者があった。

振り向くと、年取った女中が立っていた。

「三左衛門様が舞をご所望でございます。ご準備なさって下さいませ」

「えっ、うちにどすか」

思わず月江は耳を疑った。

《福花姉さんのような名手の後で、事前の打ち合わせもなく、これほどの見物人を前にして舞えというのか。人違いではないのか》

「よろしゅおたの申します」

女中はそう一言だけ答えると足早に立ち去った。

こうなればぐずぐずしている暇はなかった。

月江は緩やかに立ち上がって、お囃子の芸妓のところに行った。

「『杜若《かきつばた》』おたの申します」
お囃子の芸妓たちは怪訝《けげん》そうに顔を見合わせた。まだ出たての月江が指名されると
は信じられないのだ。見物人も無名の月江を興味深そうに見つめている。
月江は足下に気をつけて、ゆっくりと中央に進んだ。
三左衛門を見上げ一礼した。三左衛門の稲光のような眼光が身体を貫くのが感じら
れた。
篠笛《しのぶえ》がなだらかに旋律を奏で始める。恐れと心のざわめきがすっと遠のいていった。
ひっそりと太鼓が鳴り、鉦が寄り添うように響くと、宇治屋のひな鶴《づる》が歌い始めた。
月江はじっと心を静めて聴き入った。
「唐衣《からころも》きつつ慣れにしつましあれば、
はるばる来ぬる旅をしぞ思う」
都から落ちてきた在原業平になり切って、懐かしさをこめて京の都を仰ぐ。
一転して身をひるがえし細やかに扇子を振る。
「唐衣、高子の后《きさき》の御衣にて候え」
衣を撫でると冠に手を当てる。
「この冠は業平殿の形見の冠なれば」
長い裾が踵《かかと》から離れないように注意しながら一回廻《まわ》る。

「誠は、我は杜若の精なり」

杜若の精になり切って胸を張る。杜若の花弁が風の吹くままにゆらゆら揺れる。

優しい篠笛が次第に激しさを増していく。

業平に抱かれる女の幸せと苦しみが目まぐるしく入り乱れる。舞は前後左右、上下へと激しく揺れる。

次第に篠笛がわびしくなっていく。

月江は静止して扇をさっと開いた。

「春や昔の春ならぬ」

舞も唄に合わせてはかなくしぼんでいく。

「ヒーヤーヒー」

能管の鋭く緊張したヒシギの神降ろしの音が鳴り響いた。

「陰陽《いんよう》の神と言われしも、ただ業平のことぞかし」

紫色の杜若の精は神々しく直立する。

「花も悟りの、心開けて、
御法を得てこそ、失《う》せにけり」

杜若の精は悟りを得て、白々とした夜明けに溶け込むように成仏していく。

消え入るように地の上でお辞儀をする。

余韻のままに周りは静まり返っていた。

月江は静々と立ち上がった。

不意に拍手と賛嘆の叫びが沸き上がった。まるで一陣の春の風が襲ってきたかのようだった。一礼しながら月江は我に返った。

拍手に揺れながら三左衛門の方を見上げると掌《てのひら》で涙を拭っていた。月江は舞がうまく行ったのを感じた。

再び、ぴったり視線が重なった。月江はしなを作って、精一杯あだっぽい眼差しを送った。三左衛門の口元に笑みが浮かび、その眼差しが秘かな合図をくれた。月江はそれを心を込めて受け止めた。

再び練り物は列を整えて動き出した。

それから夜の明けるまで練り物は続いた。

家に帰った時にはすでに朝になっていた。

母が嬉しそうに月江を迎えた。

「えらい評判で、びっくりするようなご祝儀が届きましたえ。すぐ三左衛門様から、ご指名がかかりまっせ。あのお方は気に入った妓なら、自分の見立てはった着物をお金に糸目もつけず、どんどん買うて下さるらしいえ。どっさり小遣いをくれはるそうや。すごいお金持ちやそうやから、可愛がってもらいや」

「物好きもいやはるなあ」

ふっと月江がつぶやくと母が笑い出した。月江もつられて笑った。

一睡もしないままに、月江は小雪のところに出かけていった。暗い座敷牢に正座していた。小雪はいつものように狐の像の格好で座り、唇を突き出して天井の方を見つめていた。眼差しは暗闇に潜む何かを探しているようだった。

月江は昨夜の練り物の話をして、自分の舞が成功した喜びを語った。自慢話になってしまったが、小雪の口元が何か言いたげにかすかにふるえるのが見えた。

月江の心は弾んだ。

《聞いてくれたはる。きっと、おめでとうと言うてくれたはる。言葉が出てくるようにならはるのももうすぐや》

そう信じた。

二

烏丸《からすま》通りに出た時、不意に目の前に、一目でならず者とわかる二人が立ちはだかった。月江はひるまずに、

「どいておくれやす」

と前に進もうとした。

「姉ちゃん、出過ぎた真似《まね》をしてるんやないけえ」

と肩をぶつけてきた。月江は身を開いて避けた。

「何のことどす？」

一人は髭面《ひげづら》の大男で、もう一人は小柄だが獰猛《どうもう》な目つきだった。月江が引き返そうとすると、すぐ小柄な方が後ろに回って逃げ道をふさいだ。

月江は助けを求めて周りを見回した。だが通行人は知らぬふりで通り過ぎて行った。

月江は気が遠くなりそうになった。ようやく姿勢を保って、《どうしようか》と思った時、

「何をする」

と後ろの方から声がした。

ひょっと振り返ると忠助が血相を変えて立っていた。小柄な男が、

「気いつけんかい。邪魔や。のけ」

と怒鳴った。しかし忠助は恐ろしい形相で一歩前に出た。

しばらくにらみ合いが続いた。やがて忠助の剣幕にひるんだのか、二人は、

「次は容赦せんぞ」

と肩をいからせて立ち去った。

「おおきに。助かりました」

月江はほっとして頭を下げた。

「忠助さんに気負けして逃げて行きよった。勇ましおすなあ」

「いやあ、必死でした。喧嘩などしたことはありませんが、月江さんに暴力をふるうものは絶対に許しません」

忠助はまだ興奮覚めやらぬ震える声で言った。それから首を捻って、

「こんな人目につくところで。嫌がらせですね。どうしたんでしょう。練り物で話題になったから、誰かがやっかんで差し向けたのかもしれませんね」

と心配そうに月江を見た。

「療治所まで、お送りしましょう」

「おおきに、すいまへん」

二人は三条通りへ向かって歩き出した。忠助が半歩先で月江はその後ろに従った。

「今日ばかりやありまへん。どうも、誰かがうちを見張っているような気がするんどす。先月もひったくりにあいましたんえ。六角通りで扇を買《こ》うて帰る道で、買うたばかりの扇を取られたんどす。それにうちばかりやありまへん。お母さんも河原町に買い物に出た時に、三人の男から囲まれて『月江が荻野屋に出入りするのをやめさせ

ろ』と脅されたそうどす。けど、お母さんは、『見くびったらあきまへん。一度約束したら、約束は守りまっせ』とはねつけはったそうどす」

忠助は顔を曇らせて、

「練り物とは関係ないかもしれませんね」

と首を捻った。

「こんなことは考えとうはなかったんどすけど、どうやらうちが小雪様のところに行くのを面白く思うてない人がいるんとちゃいますやろか」

「まさか。でも、荻野屋は大きなお店ですから、いろいろ敵がいることは確かかもしれません」

「さっきのことがありますので、忠助さんも何ぞいいがかりをつけられるかもしれまへん。注意してくださいね」

「ありがとうございます。私などは大丈夫ですよ」

忠助がおずおずと、

「小雪様はいかがでございましょうか」

と訊ねた。月江は話してもかまわないだろうと思った。

「ええ、前に比べたら、随分落ち着いてこられて、話もおわかりみたいどす。お薬さえ飲んでくれはるようになったら、ええのんどすけど」

「そうですか。まだですか」

　忠助は力なく答えた。

「ところでこの前お会いした時、小雪様には何かもっと深い事情がありそうな気がすると、源斎先生がおっしゃっていました。あの時はとっさに思いつきませんでしたが、いろいろ考えてみると思い当たることがありました」

「どんなことどすか？」

「かなえさんのことです。かなえさんは小雪様を乳母代わりとして育ててきて、いつも傍に付き添っていました。前のお内儀様が出られてから、小雪様が一番頼られたのはたぶん、かなえさんではなかったかと思います。でもかなえさんは、新しいお内儀様が見えてから三か月も経《た》たないうちに暇を出されてしまいました。かなえさんがお屋敷を出る時のこと……」

　忠助は急に黙り込んで立ち止まった。じっと上を向いて気持ちを整えている風だったが、再び歩き出した。

「ああ、思い出すのも辛い。小雪様は恥も外聞もなく、『かなえ、かなえ』と泣き叫びながら、道まで追いかけて行かれました。あのお姿には本当に驚きました。痩せて頬はこけ着物の裾も乱れていました。小雪様はかなえさんに縋《すが》りつくと、袖をじっと握りしめて放そうとされないのです。お玉《たま》さんが三、四人の女中と一緒に間に入って無理やりに引き離しました。多分あれから相談相手がいなくなって、いっそう心細くなられたのだと思います」

「切のうおすね。そんなことがあったんどすか」

「はい。かなえさんと同じ頃に、お久《ひさ》さんにもお暇が出ました。本当に可哀相でした」

「お久さんというのは、どないなお人どすか」

「前のお内儀様の女中頭でした。その後の女中頭がお玉さんです」

「彩乃様は、昔からの女中さんみんなに暇を出してしまわれたんどすか」

「はい、みんな入れ替わってしまいました。小雪様は独りぼっちになってしまわれました」

「そしたら小雪様に何があったのか、かなえさんとお久さんなら詳しい事情をようわかったはるのやろうね」

「そう思います」

「かなえさんとお久さんのお住まいはどこどすやろ。源斎先生にご報告します」

「調べまして、すぐお知らせします」

忠助は目を輝かせた。

三

「先生、よろしいでしょうか？」

月江がふすまの間から呼びかけた。

中に入ると源斎は医書を読んでいた。

「遅れてしまって、申し訳ございませんでした。中神琴渓先生の『生生堂雑記』の筆写が終わりました」

月江は原本と筆写を差し出した。源斎はその二つを丁寧に照合した。

「いかがどすか」

「よろしい。立派なものだ」

源斎は筆写した方の頁をめくって行ったが、途中で止まった。

「ほう、ここにも狐のことが書いてある」

「へえ、うちも読ませていただきました。ここにある狐つきの例は含蓄が深いと思います」

そこには次のように書かれていた。

本願寺の家臣で金野という人に嫁入りしたばかりの妻が突如として倒れて意識不明となった。多くの医者が治療したが効き目がなく、ただ死を待つだけだった。中神先生が鍼《はり》治療をするとたちまち意識が回復した。三省酸を飲ませて、しばらく実家に戻して養生させた。

ところがある日、夫人の様子が急におかしくなって、眼を見張って奇妙なことを叫んだ。

『私はお前が結婚する前に金野と深い関係にあった。それなのにお前と結婚するために金野は私を捨てた……』

両親が驚いて金野氏に訊ねると、その話はまんざら嘘ではなかった。そこで両親は物の怪にとりつかれたと思いこんで、巫子《みこ》に祈禱を頼んだ。巫子は『祈禱の間、七日間は薬を飲んではいけない』と言った。

しかし中神先生が十七日過ぎてから往診してみると、容態はますますひどくなっていた。そこで父母兄弟を一緒に呼んで、夫人を前にして道理を説いた。

『人が人に取り憑いて祟るなどというのは決してない。もしそうなら、主君や父の仇にはみんな取り憑いて殺せるはずだ。しかしそんなことはできない。その証拠には、昔から主君や父の仇を討つためにたいそう苦労を重ね、年月を重ね、天の加護と人の助けによって、ようやく目的を達した物語が多いのだ。この娘さんも恨みが原因ではない。しかし、知らないことをぴったり当てるのは不思議なことだ。これは狐の仕業に違いない』

この話を聞いていた金野夫人は、突然身震いして立ち上がり、

『今すぐに退散しますから、許してください』

と言い終わらないうちにたくさんの汗を流し、そのまま倒れて眠り込んだ。翌日になって目覚め、その後間もなく病気も全快した。

もともと中神先生は修験者でも祈禱僧でも巫子でもないから、狐を退治する方法は知らない。それでも、こんな風にして狐を退散させた。

舟のゆく道とて、道はなけれども
舟のやるかたが、舟の道なり

書物や規則がなくても、道のない海を行く舟が舵《かじ》に従って目的の港へ着くように、心の薬が病気の港につかないはずがない。これが医術の極意である。

「うーむ、これはすごい。まさに極意だ」

源斎がうなった。月江に向かって、

「ところで、お前はこの本にある金野夫人のことをどう思うか」

と訊ねた。月江はすぐ、

「うちも考えてみました。金野夫人は癲狂やと思います。この病気は一体どういうもんか本態がわかりません。もちろん、医書にもどう治療していいか、どんな薬を使ったらええのかも書いてありません。ところが、琴渓先生は心を使って治療されました。心が薬になるのです。その上、金野夫人本人だけと違うて、周りの父母兄弟もあんじょうに説得されました。癲狂は心を込めて治療していけば、いつの間にかよくなっているということでしょう」

「お前の言う通りだ。琴渓先生は金野夫人や家族に狐憑きなどない、と頭ごなしに決めつけなかった。実際、金野夫人が狐憑きではないということは、医者としてわかり切ったことだった。だが、患者や家族は理を失って狐に憑かれたと信じ込んでいる。琴渓先生は抜かりなくそのことを計算しておられた。そこでものの道理を、敵討ちのたとえ話を使ってわかり易く説明された。それを聞いたら金野夫人にも家族にも道理が戻ってきた」

「小雪様のことに当てはめてみますと、お内儀様や奉公人に、どないして道理をわからせるかが問題でございますね」

「その通り。これまでのわしのやり方が間違っていた。あの人たちに頭から狐憑きではない、と決めつけたのがまずかった。わかってくれるはずがないじゃないか。その上小雪さん自身も狐に取りつかれていると信じているようだ。たかが医者の一人が、いくら『狐憑きなんて迷信だ』と叫んだところで考えを変えることなどできない。琴渓先生のように病人だけでなく、周りの者にもいかにうまく道理を説くかが肝要だ。それも医者の仕事なんだ」

「えっ、何だって？」

「けど、先生もちゃんとそうしていやはるやおまへんか」

「うちはいつも小雪様のところに行ってるにゃし、しょっぱなに上狐の祟りがくるはずどっせ。けどこの通りぴんぴんしてます。それが道理の説明やございませんか？」

「そう言えばそうだ。逆に考えると、狐憑きにならないお前に、周りの者はいらいらしているかもしれない」

「はい、このあいだ絡まれた時、そんな気もしました」

源斎は目を閉じて考え込んだ。それから煙管を取り上げると火をつけた。周りでは蟬《せみ》がかしましく鳴いている。暑くて風がなく月江は滲《にじ》み出してくる額の汗を拭いた。

ようやく源斎が言った。

「要するに問題は、わしがどうやって皆さんに道理を説明するかだ」

「うち、たやすう考えてると思われるかもしれませんけど、……一遍、前より小雪様がようならはったところを、見てもらわはったらええのんとちゃいますか。そしたら、先生のお力でぼちぼちようなってきてることがわかって、皆様納得されるんとちゃいますやろか?」

源斎は煙をすっと吐いた。

「なるほど。では、どうやってよくなったところを見せるかだ」

「この歌にある『舟のやるかたが、舟の道なり』ていうように、様子を見守っていったらよろしいのとちゃいますか。そしたら、おのずからうまくいくと思います」

「月江は賢いなあ。それにしても、『心の薬』とは意味深い。これは癲狂を治療する医者に対する未来永劫《えいごう》の戒めとなる言葉だろう。癲狂の本態はまったくわからんが、医者の心が大事なことは確かだ。いや、医者ばかりじゃない。月江も心を入れれば、医者同様に治すことができる」

「うちももっとときばらんとあきまへんね」

「わしも同じだ」

源斎は口をへの字に結んで難しい顔になった。

四

渡月橋《とげつきょう》の下には豊かな水が流れ、向かいには半月形の岩田山がそびえていた。春に力の限り咲き誇った桜は濃い緑に変わっている。堤には形の整った赤松がせり出し、その下には鮎《あゆ》の生け簀《す》がある。川のあちこちには鮎を取る舟が行きかっている。照りつける真夏の日差しは強く、菅笠《すげがさ》をかぶっていても首筋を汗がしたたり落ちた。

忠助がお久とかなえの在所を調べてきたのは昨日のことだった。月江が早速申し伝えると、源斎は喜色満面で言った。

「これは有難い。この二人を訪ねて行けば、悪くなる前のこと、小さな頃のことがわかるだろう。そうすれば次に打つ手が出てくるというものだ。周りの様子ががらりと変わった時に癲狂になる人は多い。琴渓先生の本にある金野夫人の場合も、嫁に行ってから間もなくだ」

「小雪様も実のお母様が家を出られて、新しいお母様がお見えになった頃のこと、家の中が一挙に変わったんどす」

「その通り」

源斎は笑みを含んでうなずいた。

「事情がわかれば話の種ができて、うちもお相手をし易うなります」

「善は急げだ。まずそのかなえさんから訪問してくれ」

かなえの働いている嵐山の法輪寺茶店は、忠助の教えてくれた通り、渡月橋を渡ると左手すぐの二軒目にあった。緋毛氈《ひもうせん》を敷いた台が三つほど並んでいた。

中に入ると三十歳過ぎた年頃のふっくらした小柄な女性が現れた。

「かなえ様はいらっしゃいませんか」

「はい、何かご用でございますか」

ふくよかな響きで丁寧にお辞儀をしたのがかなえだった。

「この辺り、ほんまに綺麗なとこどすねー」

「ええ、毎日、眺めていても飽きしません」

かなえは嬉しそうに微笑した。月江が言った。

「昔、荻野屋に奉公されていたそうでございますね。忠助どんからお聞きしました」

かなえの目が光った。

「へえ、さようでございます」

「実は、小雪様のことでお訪ねしました」

しばらく考え込んでから、かなえがおもむろに言った。

「お嬢様は何か、えらいお具合が悪いとお聞きしてますけど、いかがでございましょうか」

「御幸町の源斎先生は知ってはりますか。うちが先生の代理で今日は参りました。月江と申します」

「ちょっとお待ちください」

かなえは早口で言うと店の中に引っ込んだ。

再び出て来ると、

「女将さんにお時間をいただいてまいりました。ここでは、お客様も見えますし……」

と先にたって店を出た。

かなえはうっそうと樹木の茂った小道を法輪寺の方に歩いた。ひんやりとした風が流れ、二人の足音だけが響いた。

「狐憑きになられたという噂を耳にいたしました。本当でしょうか」

かなえが声を潜めて訊ねた。

「いいえ、源斎先生は狐憑きではなくて癲狂という病気である、とおっしゃってます」

「左様でございますか」

二人は表通りから離れたお茶屋に入った。席を見つけて腰を下ろすなり、かなえは額の汗を拭いもせずに訊ねた。

「どうぞ、詳しく教えてくださいませ」

月江は急いで菅笠の紐をほどいた。源斎から真実を話してもよいと許しを得ていた。

「容態は、よくなって来てはります。最初のうちは心ここにあらずで、身の回りにも無頓着、座敷牢も汚れ、身なりのことなどお構いなしでしたが、近頃は部屋を汚されることはなくなりました。うちがお身体を拭かせていただいても、おとなしくしていられるまでになりました」

かなえの口元から緊張がとれた。

「この頃はうちの前で、姿勢を崩したり、お行儀の悪いことも、しやはらへんようになったはります。話すのはいつもうちばっかりですが、たまにうなずいたりもされます。少しずつお心を開いてくれたはるみたいです。けど、まだお薬はお飲みになりません。煎じ薬を入れた湯呑茶碗《ゆのみぢやわん》を差し出してみても、じっと見つめてはるばかりです」

「そうですか」

うずらの鳴く声に包まれて二人は冷やし飴を飲んだ。身体の汗が引いていく。

かなえはしみじみと語り始めた。

「小雪様は本当に辛い目にあわれました。きっとそのせいで病気になられたのではないでしょうか」

月江は緊張した。

「ええ。実はおうかがいしたのは、その件でございます。源斎先生のお話では、この病気は苦しい体験をすると起こることがあるそうです。だから何が起きたかわかれば、うまく慰めてさしあげられます」

「私は小雪様がどんなに辛い思いをされたか、お話し申し上げればよろしいのですね。ああ、でも思い出しますと……」

かなえの目がうるんだ。

月江はしんみりとうなずいた。

「かなえ様は、小雪様を乳母のように愛《いと》おしまれていたと聞いております」

かなえは下を向いて目頭を押さえた。

「小雪様がお生まれになった時のことはよく覚えております。私は大勢の女中の中から選ばれまして、生まれたばかりの小雪様のお世話をさせていただくことになりました。お内儀様はお乳が豊富なお方でございました。お乳を飲まれる時以外は、私がお抱っこしておもりをいたしました。ちょうど私は十五歳でございました。

小雪様は私におんぶされて散歩されるのがお好きでした。日和のよい時には四条河原の辺りまで足を延ばすこともありました。時々旦那様まで後ろから、『小雪』『小雪』と呼びながらついて来られました。でも旦那様が抱っこされると泣きだされるので困りました。旦那様も『ようかなえになついているなあ』と、時折寂しげに言われたのを思い出します。お正月、節分、桃の節句、花見、月見、紅葉狩《もみじが》りなどと、色々な催しのたびに、お内儀様は小雪様に新しい着物を別誂えされました。着物を選ぶのも、ああでもない、こうでもないと旦那様を交えてにぎやかなことでした。私は小雪様の手を引きながら、何という幸せなお子だろうと思いました。そんな小雪様のおもりができて幸せでもございました」

かなえは話しながら夢見るような顔をした。

「六歳の六月六日から、小雪様はお稽古事を始められました。旦那様とお内儀様が心配なさって、お師匠さんの家にはいつも駕籠で送り迎えされました。いつも後を、私と忠助さんがおともしていました。

思いやりがあってよくお菓子をおすそ分けしてくださいました。忠助さんはずっと年上でしたが、無邪気に話しておられました。『忠助さんのお嫁さんになろうかなあ』とおっしゃったりして、仲のよい兄妹《きょうだい》のようでした。私は驚いて、『身分が違います。お嬢様、忠助は丁稚でございます』と諭したこともありました」

かなえはかすかに笑みをたたえた。

「小雪様はとっても陽気で賢いお嬢様に成長していかれました。お琴がとてもお上手でお好きで、毎日のように弾いておられました。

ああ、そうそう、壬生《みぶ》狂言が大好きでいらっしゃいました。旦那様もお内儀様もあまりお好きではないので、いつも私がおつきで参りました。一緒に笑い転げたものでございます。好物のあぶり餅を内緒で一緒に食べさせていただいたこともございます。お花見、紅葉狩りもお好きでした。多額のご寄進ゆえか、旦那様は高台寺の住職様と仲良しで、紅葉狩りは高台寺と決まっていました。書院で臥龍池《がりょうち》の紅葉を見ながら、中村楼に特別に頼んだお弁当を召し上がり、紅葉の錦織を楽しんでおられました。私とお久さんも末席でご相伴させていただきました。あの時の紅葉色に染まった小雪様の笑顔がすぐ目の前に見えてまいります」

かなえは長い溜息をついてしばらく黙り込んだ。

「ところがでございます。忘れもしません、小雪様が十一歳の時でございました。思ってもみなかった騒ぎが起こりました」

かなえは両手を胸に当てた。

「旦那様とお内儀様のいさかいがありました。私たちの目の前で激しくののしりあわれ、お内儀様が店を飛び出そうとなさいました。使用人が三人がかりでお引止めいたしました。小雪様も泣いて後を追いかけようとされ、私が抱き止めました。

後で聞いたことですが、旦那様に女ができてお内儀様が悋気《りんき》され、つかみ合いになったのです。それからというもの、お内儀様のお人柄はがらりと変わってしまわれました。目につくもの耳につくものすべてにあたられ、旦那様とのいさかいが絶えませんでした。

だんだんと、私たちもお内儀様に近寄るのを避けるようになりました。大して理由もないのに叱られるからです。ただ、女中頭のお久さんだけは別でした。いつもお内儀様と何やらひそひそと相談しておられました。

それを境に、旦那様は家から遠ざかって行かれました。噂では彩乃というお方と高台寺の近くにお住まいになっている、ということでした。

お内儀様のお怒りが昂《こう》じて女中は何人も暇を出されました。お屋敷はひっそり静まり返っていきました。

お内儀様が小雪様を抱きしめて泣いておられたこともございました。二人のお話が聞こえてくることもありました。

『彩乃という女がお父様をだまして操っているのですよ。世の中には狐のような人を惑わす女がいますから、小雪も心しとかなければなりませんよ』

お内儀様から旦那様とその女の悪行を聞かされて、小雪様も憎悪をつのらせていかれたようです。もう分別がついていらっしゃいましたから、お母様を一生懸命に慰めておられました」

かなえが唇を震わせた。

「それからとうとう、恐れていたことが起こりました。旦那様がお内儀様に離縁を申し渡されたのです。あの日、奥の部屋からお内儀様の叫び声が聞こえました。『私のどこが悪かったんですか。ああ、あの女に騙されたんだ。あいつを殺してやる』。小雪様の泣き声もしました。『わたしもお母様について行きます』。お内儀様と旦那様の激しい言い合いが続きました」

かなえは激しく首を左右に振った。

「忘れもしません。あれはちょうど十五夜の祭りの夜でございました。家の奥から長持ちがいくつも運び出され、お内儀様が出て行かれました。化粧もされずよろよろとよろめくようにして、店の前に呼んだ駕籠に乗られました。小雪様が追ってみえました。私は懸命に小雪様を抱き止めました。

やがて威勢のいい駕籠屋の掛け声が遠ざかっていきました。その音とともに小雪様の幸せも遠ざかっていくような気がしました」

かなえは両手で顔を覆ったが、やがて気を取り直したように話を続けた。

「彩乃様がお屋敷に入って来られたのは餅つきの日でございました。小雪様は玄関の前に立ってお迎えになられました。

私は後ろに控えて小雪様を励ましました。

『新しいお母様が見えても、心配いりません。ちゃんと私たちがおりますから。お父様は誰よりも、小雪様のことを心にかけておられます。私に向かって、小雪をよろしく頼むとおっしゃったのですから』

小雪様は血の気の失せた顔でうつむいたまま、一言も発せられませんでした」

かなえは首を左右に振った。

「新しいお内儀様はお屋敷をいろいろと手直しされました。畳を張替えたり、飾り物を替えたり、庭師を呼んだり。女中にもお好みの着物を与えるまでされて、お屋敷は見違えるように変わりました。

信心深いお方で、大きな御仏壇をわざわざ頼まれて、大随求菩薩様の像を祀《まつ》られ、いつも拝んでおられました。

けれど、別の面も持っておられました。

旦那様の前では小雪様を気遣うふりをされますが、旦那様がいなくなると、手の平を返したように般若の顔に変わられるのです。

小雪様がそこにいらしても、まるで見えないかのように無視されて、小雪様が話しかけても聞こえない振りをなさいます。小雪様がどうしてもお内儀様に申し上げたいことは、私が代理で申し上げました。

お内儀様は小雪様を旦那様に近づけないよう、様々に謀っておられました。家族三人で召しあがることになっておりました朝餉《あさげ》も、いつしか小雪様だけ一人で召しあがるようになりました。お内儀様は旦那様に、小雪様は頭痛がひどくて起きられないなど理由を言っておられたようです。

そのうち、お内儀様に取り入っている女中たちが小雪様の様子を見張り、小雪様の邪魔をするようになりました。小雪様が旦那様と一緒に何かの催しにお出かけになる時など、いつも大切なものが見つからなくなりました。

忘れもしません。たまたま小雪様と二人きりになった時、小雪様は半泣きで私に縋りついて、『こんなにいじめられるのはもう耐えられまへん。死んだ方がましです』とおっしゃいました。私は、『そんな恐ろしいことを言ってはいけません』とたしなめたものでございます。こうして小雪様は自分の殻に閉じこもっていかれたのです」

急にかなえは顔をゆがめた。

「お内儀様も、私が前のお内儀様を慕っていることを感じ取っていらっしゃったのでしょう。間もなくお暇を出されてしまいました。お生まれになった時から小雪様のお世話をさせていただいておりましたから、お別れする時の切なく哀《かな》しかったこと……本当に身が引き裂かれるような思いでございました」

絞り出すような声で言うと、かなえは両手で顔を覆って泣き出した。折からの夕陽《ゆうひ》が激しく上下する肩を赤く照らした。月江は慰める言葉もなかった。

「お久さんまでもお暇を出されてしまいました。とうとう小雪様は独りぼっちになられました。相談相手もなく、さぞお寂しかったことでございましょう」

そしてしみじみと話を結んだ。

「知り合いを頼って嵯峨野《さがの》にまいりまして、こうして糊口《ここう》を凌《しの》いでおります。小雪様のことを思わぬ日は、一日たりともありません。心配で、心配でなりません。でも、私にどうすることができましょう。風の便りで、小雪様が狐に憑かれて座敷牢に閉じ込められていると耳にいたしした時は、胸が張り裂けそうでございました。私には、小雪様が正気を失われた経緯がよくわかります」

「大事な話をありがとうございました。帰りましたら、すぐ源斎先生に申し伝えます。かなえ様のお話を参考にされて、先生は治して行かれると思います。今は治る兆しが見えてきてます。まだお話されることはできませんが、そのうち少しずつお心を開かれると思います。きっと、これまでのお苦しみも、一枚、一枚雲母《きらら》をめくるように、ご快復なさるでしょう」

月江はそう言って、かなえの手を握り締めた。

かなえに見送られ、月江は渡月橋を渡り、家路についた。

小倉山が紅色に染まっていた。

第五章　小雪の誘惑

一

夕方になると風鈴が爽やかに響いた。その日の仕事が終わったところで、源斎は八重と翌日の往診の打ち合わせをした。途中で八重がうつむいてもじもじし始めた。それから決心したように顔を上げた。

「十軒は回ってくださいませ。この前も新しいお薬を買われましたし、それぐらいしていかないと追いつきません」

「わかっておる」

源斎は不機嫌に答えた。

急に八重が口調を変えた。

「先生、薬箱のことですけど。月江さんに預けると、中身をひっかきまわされるんです。後で整理するのに往生してます。育ちが育ちですから、仕方がないかもしれませんけど。先生の方から注意していただけませんか」

答えないで源斎は備忘録を開いた。しかし八重はすわったまま立とうとはしなかった。

その時だった。玄関の方から、

「先生、先生はお出でですか」

とただならぬ声が響き渡った。

月江だった。

顔中血まみれの男を連れて土間に駆け込んできた。よく見ると忠助だった。目の周りが腫れ上がり服は砂まみれである。

「殴られはったらしいんどす」

「上がれ。いったい何があったんだ」

源斎が訊ねた。

「三人組の男に取り囲まれてやられました」

忠助が悔し気に言った。

源斎は念入りに傷の具合を調べた。その横から月江が濡《ぬ》れた手ぬぐいで血と汚れをふき取っていく。

「眉のあたりが切れておる。傷は大したことはない」

源斎は八重の持ってきた軟膏《なんこう》を塗った。

「腫れはすぐ引く」

忠助はほっとした様子で一礼した。

「一体、どうしたんだ」

「はい、いつものところで月江さんを待っていたんです。そこへ男が三人やってきまして、いきなり胸ぐらを摑んで殴ってきました。あっという間に地面にたたきつけられ、『少し口が多すぎるんとちゃうか、出過ぎるな、おとなしくしとけ』と唾を吐きかけられました。ちょうどそこに月江さんがやって来て声を上げると、男らは『次は命がないで』と唾を吐きかけて行ってしまいました」

源斎が首を捻った。

「『出過ぎるな』か……そう言えば、この前は月江が絡まれたんだったな」

「へえ、そうどす。二人はあの時と同じどした。もう一人は初めて見る顔どした」

源斎は顔をしかめた。

「どうやら小雪のことと関係がありそうだ」

「うちもそう思います」

源斎は腕を組んだ。

「おそらく月江と忠助を監視している者がいるということだ。と、なると、忠助は何か心当たりがあるのではないか」

忠助は少しの間考え込んだ。

「さっぱり見当がつきません。誰か、私が月江さんと会ってよからぬことを企んでいるとでも疑っているのでしょうか」

「根が深いようだな。いずれにしろ、忠助は手を引いた方がよさそうだ」

源斎が口をへの字に結んだ。忠助は厳しい表情で、

「どんな目に遭わされても、逃げる気はありません。小雪様のためなら、どうなってもかまいません」

と言い切った。月江が大きくうなずいて拳を上げた。

源斎は忠助の気概に胸を打たれた。

「それにしても、まだ薬も飲まぬしなあ……」

源斎がつぶやくと、

「けど先生、小雪様はうちを、頭からはねつけんようにならはったし、座敷牢も汚さはらへんし、そのうちお薬も飲むようにならはるのんとちゃいますか。もう少しどっせ」

月江が目をくるくるさせて言った。

二

三方を山に囲まれた京独特の蒸し暑い日が続いた。源斎と一緒の往診から戻ると八

重は疲れも見せず、
「汗ぐっしょり。お着替えなさってください」
と奥の方に駆け込んだ。
乾いた手ぬぐいと下着を持って来ると、羽織や着物を脱がせ、褌《ふんどし》一つになってい
る源斎の体の汗を拭った。源斎は自分が子どもに戻ったような気がした。こうして細
やかにかまってくれる八重が有難かった。
着替え終わると、源斎はすっきりとした気分になって机に向かい、往診した患者の
記録を書き始めた。
突然、玄関から激しい泣き声が聞こえた。それと同時に、ばたばたと駆け込んでく
るけたたましい音がした。
驚いて駆けつけると髪を振り乱した月江であった。月江は顔を両手で覆ったまま崩
れ落ちるように土間に座り込んだ。そのままうつぶせになって大声で泣き出した。
源斎は近寄って月江の横にかがみこんだ。ものすごい悪臭が鼻をつく。思わず顔を
しかめた。頭から腰のあたりまで汚物にまみれている。
「どうしたんだ」
源斎が訊ねた。

月江は泣くばかりで何も答えない。源斎は月江の背中を、手が汚れるのもかまわずさすった。

「すぐ、手ぬぐいと水を持ってこい」

奥にいる八重に向かって命じた。

八重が手ぬぐいと水の入った桶を両手に持ってやってきた。月江の様子を見て唖然《あぜん》としている。

しかし八重は、丁寧に月江の髪から顔、首筋そして作務衣についた汚物を拭い取った。源斎は八重に向かって、

「体も洗ってあげなさい」

と言った。

自分が汚れるのもかまわず、八重は泣きじゃくっている月江の脇に手を入れて抱え上げた。

八重に手を引かれうなだれて、月江が戻ってきた。あれほど月江に厳しかった八重がまるで妹にでも接するように優しい。新しい作務衣に着替えた月江が、源斎の前に両手をついた。

「失礼いたしました」

「いったいどうしたんだ」

月江は首を何度も横に振った。

「先生、堪忍しておくれやす。うち、これ以上あきまへん」

言うと同時に両手で顔を覆った。一筋の涙が頬の上を流れる。

「それだけじゃ何もわからんじゃないか。何かあったのか」

月江は魂が抜けたように宙の一点を見た。それから考えをまとめるように、ぽつりぽつりと話し始めた。

「座敷牢に入ると、いつもと雰囲気が違っている、と感じたんどす。うちに背を向けて立ってはるんどす。『どうしゃはったんどす？』と一歩前に出た時どした。藪《やぶ》から棒にわめかれました。足元にあったおまるを持ち上げはったと思たら、ざあっとかけはったんどす。それから頭が真っ白になって、どうなったのかわかりません。急に恐うなって逃げました。気がついたらここに駆け込んでいたんどす」

「そうか」

源斎は思わず、

「すまなかったな。わしが悪かった」

と月江の手を握りしめた。その言葉で再び月江は幼い子どものように泣き出した。

やがて月江は顔を上げるときっと源斎を見つめて、

「先生、お暇をおくれやす」

と一礼した。

源斎は深々とうなずいた。

「わかった。これまで頑張ってくれてありがとう。近いうちに女将のところにお礼とお詫びにうかがう」

八重に付き添われて月江が立ち上がった。

玄関の閉まる音がした。

しばらく源斎は机の前につくねんと座っていたが、ふと備忘録を取り出してめくってみた。

二月十八日

小雪は自分の殻に閉じこもり、取りつく島がない。他人と適切な距離を取れず、攻撃的になったかと思うと、逆に抱きついたりする。

月江は小雪を怖がっていない。受け止めている。これは興味深い。花街で育って、普通の女とは違ったものの見方をしていることなどによるものか。しばらく月江に任せて様子を見ることにする。

三月十四日
座敷牢もきれいになり、いやな匂いも少なくなってきた。月江に任せたのは賢明だった。何も指示せずに月江の判断に任せてみる。

四月二十一日
小雪の気持ちが和らいできた。これまでのような敵意や攻撃的なところがなくなってきた。まだ会話はないが、同じ年頃の娘同士として通じ合うところがあるようだ。

五月十六日
顔の汚れもなく、髪も椿油を塗って整い、着物もさっぱりしたものになった。よくぞ、ここまで持ってきた。だが依然として薬は飲まないし、飲むようになる気配も感じられない。

六月七日
月江とは、言葉を超えた交流があるようだ。二人坐っているとほのぼのとした雰囲気がある。しかし私には相変わらず診察させない。月江以外の者への不信感や恐怖感は依然として続いている。

七月十日

掃除の邪魔もしなくなったし、部屋も汚さなくなったという。仮面のようだった表情が時には柔らかくなる。正常な感情が戻って来つつある。

備忘録はここまでだった。源斎は煙草をふかしながら考えにふけった。それから筆を取り上げて書き始めた。

七月二十六日

小雪はいきなり、おまるにたまった汚物を月江にかけた。気分が前触れもなく変化するのはこの病気の特徴である。だがこれまでよくなりつつあっただけに、月江は激しい衝撃を受けた。

月江は暇乞いをしてきたが、とても慰留できない。

それにしても、なぜ、症状が振り出しに戻ってしまったのか。

源斎は備忘録を閉じた。

《ともかく往診して状態を自分の目でしっかり見極めなければ》
その夜、源斎はまんじりともできなかった。

三

朝食が済むと源斎は八重を呼んだ。

「薬箱を貸してくれ。荻野屋に行く」

八重の表情がこわばった。

「先生に薬箱を持たせるわけにはまいりません。お供させてくださいませ」

「怖くないのか」

「座敷牢の前までなら大丈夫です。それで勘弁していただければ」

八重はきっぱり言った。

「助かる。よろしく頼む」

梅に案内されながら、源斎は八重の様子を見た。八重は歯を食いしばって必死の形相だった。

座敷牢のある別棟の入り口の前で源斎が言った。

「ここで十分だ。ここから、薬箱はわしが持って行く」

「申し訳ございません。梅さんと一緒に待たせていただきます」

八重は真っ青な顔で一礼した。

いつものように梅は源斎の先に立って座敷牢の錠を外した。と同時にころがるように外に出て行った。

悪臭の満ちる薄暗がりの奥に小雪はうずくまっていた。源斎の姿を見るとすばやく起き上がった。

目が慣れてくると、小雪は着物を肩からはおっているだけで前の方は丸出しだった。源斎を見た途端に頰笑んだ。生娘とは思われないほど妖艶で不気味だった。

源斎は後ずさりした。

逆に小雪は着物の裾を広げながら一歩進んだ。

「診察に来ましたよ」

源斎が言った。

小雪は黙ってさらに近寄った。源斎は檻に背中が当たるところまで後退した。同時に手を伸ばし、小雪の両肩にあてがって前進を食い止めた。小雪はなおもすごい力で迫ろうともがいた。

すぐ目の前に小雪の顔があった。糞便の小さな塊が片頰にこびりついていたが、肌は燐光《りんこう》を発するように白かった。小雪が唇を突き出した。明らかに接吻《せっぷん》を求める仕草だった。

腕の力をちょっと弱めれば、小雪が懐に飛び込んでくるのは明らかだった。

源斎は力一杯突き放した。

小雪はよろよろと後ろに下がった。腰をかがめ、なおも誘いかけるような目でにらみつけてきた。

「小雪さんは汚れている。ひどい臭いだ。まず綺麗にしようか」

源斎は努めて平静な声で言った。しかし小雪はなおも執拗《しつよう》に源斎に縋りつこうとした。

源斎は、

「梅さん、桶に水をくんで手ぬぐいを持って来てくださらんか」

と呼んだ。

やがて入り口の戸が開いて梅が現れた。

同時に小雪はすっと離れ、いつもの場所にしゃがみ込んだ。梅の前では羞恥心を取り戻したようだった。

《錯乱しているが、何もかもわからない訳ではない》と源斎は感じた。

梅は座敷牢の入り口の前に桶を置くと、そそくさと出て行った。

源斎はまず手ぬぐいを桶に浸した。

再び小雪が近づいてきた。源斎は濡れた手ぬぐいを差し出した。

「顔を拭こうか。これじゃ、見られないよ」

小雪はいやいやをするように顔を横に振って後ろに引いた。しかし源斎は顎をつかむと、無理矢理手ぬぐいを小雪の顔に当てがった。小雪は顔を背けようとしたが、力はなかった。おとなしく拭かれるままになった。

拭き終わると源斎は優しく言った。

「よろしい。これで別嬪《べっぴん》さんになった。今度は手を出しなさい。手は清潔でないといけないよ」

右手を拭き次に左手を拭いた。左手を拭き終わった瞬間だった。小雪の右手がしっかりと源斎の手首をつかんだ。すごい力でそれを股間にあてがおうとした。柔らかい陰毛が触れた。

《股間を拭いてくれ、という意味だろうか》

源斎は反射的に小雪の手を振り払った。

だが小雪はひるまなかった。胸を拭いてほしいという風に乳房に手を当てた。その仕草にはまるで子どもと大人が同居しているようだった。

「今日は顔と手だけにしておこうか。身体は自分で拭けるだろう」

源斎は言った。

「着物を替えなさい。汚れている」

小雪はいやいやした。しかし源斎は外に向かって呼んだ。

「梅さーん、着替えを持って来てくださーい」

ぎぃっという扉の開く音とともに、梅が着物を持って入ってきた。源斎が着物を受け取ると、梅はさっと身をひるがえして出て行った。

「さあ、きれいなおべべを着よう」

新しい着物を差し出した途端、小雪ははおっていた着物をぱらりと落とした。

全身がむき出しになった。突然、周りが明るくなったように感じられた。小さく膨れ上がった乳房。可愛らしく膨らんだ乳首。豊かな下半身の真ん中には濃い陰毛があった。

さらに小雪が進んでくる。

源斎の全身がこわばり、胸が早鐘のように打った。脇に汗がにじみ、全身が熱くなった。千尋の谷をのぞき込んでいるかのような心地がした。飛び込むつもりもないのに、身体がゆらゆら揺れる。

ふと周りを見回すと薄闇が立ちこめていた。

《俺はどこにいるのだろうか》と一瞬源斎は自問した。

深呼吸して気持ちを整えた。しかし避けようとしても自然に小雪の目に吸い寄せられていく。両目が大きく開いて異様に燃え上がっている。

《狐火が燃えるとはこのことを言うのだろうか》

源斎は小雪の眼差しから視線をはずそうとしたが、すぐにまた吸い寄せられた。身体の自由がきかなくなっていた。

《狐に化かされるとはこのことだろうか》

全身に戦慄が走った。

同時に小雪が、

「ほほっ……」

と笑った。

《ああ、何と魅惑的な声だろう》

女は誇らしげに足を開いて腰を押しつけてきた。悪臭に混じって若い女独特の蜜のような匂いが漂った。

源斎の身体がふらりと揺れた。

小雪は凱歌《がいか》を揚げるように一層下半身を寄せた。素早く源斎の首に手を回し吸い付くように抱きついてきた。頬をすり寄せて源斎の顔をなめ回し始めた。

柔らかい唇が源斎の頬に優しく触れた。顔を背けても、唇は巧みに先回りした。小娘とは思えない、老練な遊女のような巧みさだった。

突き放そうともがいたが小雪はそれ以上に強かった。夢でも見ているようにふわふわした気分だった。

《わしは雄狐になってしまったのか》

そう感じた途端に全身が恍惚感《こうこつかん》に包まれた。

いつの間にか狐の美女をしっかり抱きしめていた。

「ああ」

小雪が吐息をついた。

二人はしっかり抱擁し合った。

「先生に何をするのよ」

鋭い声がした。

源斎がはっと後ろを向くと八重がいた。源斎はとっさに小雪を突き放した。小雪はよろよろと檻にもたれかかった。

源斎は全裸の小雪を呆然と眺めた。

「先生に失礼してはなりません」

八重が厳しく叱りつけた。

「着物を着なさい」

その声で源斎は我に返った。

安堵《あんど》の息をついた。

「ありがとう」

源斎は八重に頭を下げた。

八重が鬼のように恐ろしい顔で小雪に着物を着せていく。それから源斎を見向きもせずに、座敷牢の畳を掃き始めた。小雪はいつもいる格子の横にうずくまっていた。

源斎も気を取り直し、雑巾を手に畳を拭いた。

一渡り綺麗になったところで、源斎が正座し、その横に八重が座った。

「さあ、これで綺麗になった。お脈を拝見しましょう」

しかし小雪の手は袂の中に隠されたままだ。

源斎が手を伸ばすと、小雪は袖で払いのけた。

「わかりました。手を出したくなかったらそれでよろしい。その代わり、お薬を飲みなさい」

源斎が言っても、小雪は答えないでそっぽを向いていた。

座敷牢の外は明るかった。源斎は目をこすった。先ほどの自分が信じられなかった。確かに幻を見ていたようだった。

八重は新しい桶に手洗いの水を用意した。

源斎は冷たい水で手を洗いながら八重の顔を見つめた。頰がこわばり細かくけいれんしていた。あれほど狐を恐れていたのに、入って来てくれたのだ。

《八重にとって死ぬよりも恐ろしいことだったに違いない。きっと、わしが窮地に陥っているのが通じたのだろう》と、源斎は感じた。

八重は震えの残る声で言った。

「先生に女の着替えをさせるわけには参りません。ですから……これから私がついてまいります」

源斎は深々と頭を下げた。

八重が続けた。

「変な匂いがします。お気持ちが悪いでしょう。帰ったらすぐ熱いお風呂をたてましょう」

源斎はまるで母親の声を聞いているような気がした。感謝の気持ちをどう表現していいのかわからなかった。

「八重のおかげで助かった」

源斎は心からの礼を言った。同時に恥ずかしさが込み上げて来て、まともに八重の顔を見られなかった。

四

「源斎はん。おいでやす」

喜久江は白地に鮎の柄の絽《ろ》の着物に水色の帯を締め、華やかな声を上げた。

「お久しぶりどす。ひどいわあ、こんな長いことほったらかしといて」

それから目を丸くした。

「まあ、すっかりやつれはって。いったいどうされはったんどすか」

「何ぶんにも……」

源斎は小さな声で言いかけたが、喜久江が遮るように鼻にかかった声を出した。

「今夜は月江も須磨もお花がかかって出かけてます。うっとこは暑おすし、床《とこ》に行きましょか。今夜はうちがご馳走《ちそう》させてもらいます」

「それは心苦しい。実はお詫びがあってうかがったのだ」

「そんなことはどうでもよろしおす。ちょっと支度しますし、待っといておくれやす」

鴨川の流れの音が涼しかった。冷たい風が床を吹き抜けていった。

源斎は焼酎、喜久江は酒を頼んだ。川床の向こうの星空の下には東山が浮かび上がっている。

源斎は鱧落《はもお》としを梅肉につけた。

「うちのも食べとうおくれやす。鱧、大好物どっしゃろ」

喜久江が箸で挟んで差し出してくる。

「うむ」

源斎は鱧を嚙みながら訊ねた。

「月江は何も言わなかったかい」

「いいえ、何も」

源斎はこれまでの経緯を語った。

「そんなことがあったんどすか。あの子からは何も聞いてまへん。仕事のことを話すような子やありまへんさかい」

「どうお詫びを申し上げていいのかわからぬ」

源斎は箸を置いて頭を下げた。

「けど、かえってよかったかもしれまへん。あの子も舞妓として立つ決心したことですやろ」

「もったいないけどなあ」

「そんなことあらしまへん。お茶屋の娘はお茶屋の娘どす」

喜久江は強い口調で言った。

「しかし……」

源斎は言葉を切った。

二人はしばし黙り込んだ。

「それにしても、その小雪さんとやらの往診はお困りどっしゃろ」

「そうなんだ。今日は汚れを拭いてやった」

「源斎はんがしやはったん」

「他に誰がする」

「そら、そうどすけど」

喜久江が大きな吐息をついた。

「あげくに、小雪が抱きついてきた」

「まあ、何てこと」

喜久江は目を丸くした。

「源斎はん可哀相に、よう、どうもおへんどしたなあ」

「危ういところだった。ふらふらっとなってしもうた。何しろたった二人きりだろ。

相手は糞にまみれて臭い。さらに女の匂いが混じっておった。座敷牢という密室の危険というか、誰も見ている者はいない。今から思い出してみると、わしまで狐にたぶらかされるところだった」

「ほれ、うちが言うように、狐はいますやろ」

源斎は盃を下ろした。

「確かに狐はおる。しかし、狐とはたとえだ。訳のわからぬものを狐と言っているだけだ」

「その訳のわからぬもので何どすねん」

「それはわしが心の奥の檻の中に閉じ込めているものだ。言ってみれば、色欲だ。その檻が小雪に誘惑されて破られそうになった。もろいものよ。小娘の狐みたいな色目一つで、簡単にやられたのだ。情けない限りだ」

源斎は自分を貶《おとし》めるかのように薄笑いを浮かべた。

「だが、八重が命がけで飛び込んで来てくれた。危機一髪だ。その途端わしは医者だ、と我に返った」

隣の川床から三味線の音が聞こえてきた。

源斎が真剣な口調で言った。

「わしばかりじゃない。万人の心の奥底には、その人なりの狐が潜んでおる。何か事があると檻を破って現れる」

「そうどすか。うちの心の底にも狐が隠れてるんどすにゃね。わかるような気がします」

「わしの場合は色欲だったが、喜久江ちゃんの狐は何だ」

喜久江は笑い出した。

「八重さんは大事にしてあげんとあきまへんえ」

喜久江が焼酎を注ぎながら言った。

「そうだ。もう頭が上がらん。もし八重がいなかったら、今頃、狐にたぶらかされたあげく、切腹しておったか、頭をまるめて乞食《こじき》坊主にでもなっておったろう。もちろん、こんなうまい體など食えなかった。だがなあ、あの色欲はいつまた顔を出してくるかわからない。心してやっていかねばならん」

源斎と喜久江は顔を見合わせて微笑した。

「世の中は助け合いどすなあ。源斎はんは仰山人助けをしてきやはったさかい、我が身に代えてでも助けようとしてくれる人も出てきたんどすやろ。気をつけはらんと、今度は狐から逃げられへんようになりまっせ」

喜久江と話しているうちに、源斎の心は静まり、あらためて気力がみなぎってくるのを感じた。

第六章　舟遊び

一

さざ波が接吻するような音をたて、屋形船が優しく揺れた。

三左衛門の丸々とした大きな体が月江の肩にのしかかった。反対の波に、今度は月江がすがりつく格好になる。月江は三左衛門とぴったりくっついて座っていた。

「いっぱいどうだ」

三左衛門が月江に盃を差し出した。

「へえ、おおきに」

月江は目を軽く閉じて一息に飲み干した。

「どうじゃ、舟遊びは？」

三左衛門が酒焼けした太い声で訊ねた。肉付きのいい頬がこぶのように垂れ下がり、細い目の目尻が下がっている。薄闇に浮かび上がった顔の色は不気味なほど白い。

「お酒に酔うてんのか、それとも舟が揺れているのやろか、宵の風、気持ちがよろしおすねえ」

三左衛門を挟んで反対側にいる福花が、

「そう言えば、月江ちゃん、初めてどすやろ？」

「へえ」

「他の人たちが焼きもち焼いてるえ。あんたはまだ出たての舞妓やさかい」

「わしがついておる。心配いらん」

三左衛門が月江の盃に酒を注いだ。

小雪のことが月江の心をかすめた。全身が引き裂かれるようだった。

《ああ……あんなおそろしい目にあうなんて》

月江は顎を上げ、酒を一息に飲み干した。

「浮かぬ顔をしておるな。何か心配事でもあるのか」

三左衛門が頬を寄せ、空になった盃に酒を注いだ。

「何もあらしまへん」

「いい飲みっぷりをしている」

「ほんまにお酒はよろしおすねえ」

月江は盃を唇にあてたままで物憂げにつぶやいた。

渡月橋の向こうには、かなえの働いていた店があったが夕闇に沈んで見えなかった。

すべては遠い出来事のようだった。

船頭の漕《こ》ぐ単調な櫓の音に混じって、しなやかな笛の音が響いてきた。

千変万化の笛に鼓の弾んだ音が重なった。右岸には山が黒々と迫り、左岸には料理屋の灯が点々と灯っている。

「竜宮城の入り口にいるみたいどすねえ。浦島はこの世のことを忘れてたとか言いますやん。楽しいと、あっという間に時は過ぎて行くんどすね」

三左衛門は月江の手を取った。

「いつでも竜宮城に連れていってやれるぞ」

「ほんまどすか、うち、何もかも忘れとおおす」

いつの間にか月江は三左衛門にしなだれかかっていた。

三左衛門は月江の耳に口を寄せてささやいた。

「練り物の時に、舞を所望したのを覚えているだろう」

「へえ、おおきに。とっても有難うおした。嬉しおした。けど、なんでうちみたいな者に……」

「なぜかわからん、ただ、お前と目があった、それだけだ」

「不思議なお人やと思いました」

「そうか」

「あれからいつお座敷にお声がかかるかと心待ちにしてましたんどす。けど、なしのつぶて。その場限りの気紛れにされたことやったんや、すっかりお忘れにならはったんやと思てました」

「阿呆な、忘れるものか」

三左衛門は月江の盃に酒を注いだ。

「お前の舞を見た途端に大堰川《おおいがわ》の舟遊びがありありと浮かんできた。秋の夜、流れに漂ってお前と一緒に笛を聴く幻が……なぜだろうか、なぜそんな光景が見えたのか。実は昨日までずっと考え続けてきたのだ」

「なぜでございましょうか」

月江は微笑した。

「わしは物事を感じ取る力がある」

「そない噂を聞いてます。旦那様の見立てられたおべべを着ますと、どんな人も別嬪になるそうどすね」

「面白いように、わしの店には京中の女たちが押し寄せてくる。おかげさまでひと財産できた」

「いったい、どないなコツがあるのんどす?」

「コツなどない。わしの中にある感性のことゆえ、言葉に表しきれるものではない。まあ言わば、女の魅力は作らねばならぬ、というところか」

「お聞かせしておくれやす」

三左衛門は満足げにうなずいた。

「お前だけに明かすが、女は狐だ」

狐と聞いた途端に月江の全身が固まった。三左衛門は続けた。

「わしには女をうまく化けさせる術《すべ》がある。そもそも、女はそれぞれ目鼻立ち、体つき、心など、生まれつき違っている。それに、育ちも同じじゃない。その女にふさわしい化け方をさせなければならぬ。まず、着物や帯をうまく選んでやる。だが、それは手始めに過ぎぬ」

月江は三左衛門の横顔をみつめた。

「狐はちゃんと自分が化ける時と場所を心得ておる。女もそうあらねばならぬ。着るものを選ぶ際に、季節やお日様の具合、場所、提灯の明かりなど、時と場所も考慮に入れる。どこに行って、どんな事をやって、相手にどう思わせたいかを訊ねる。すべてを響き合うようにさせるのだ。そうすると、女はまるで別人になったように化ける。どんな女でも、それなりの味がでる。男はまんまと化かされる。と言うより、男は騙されたがっている。そこにつけ込むのだ」

三左衛門のがまがえるのような薄い唇が得意げにゆがんだ。端っこから一筋のよだれが垂れた。月江はさっと懐紙を出して拭き取った。

いきなり三左衛門は月江の手首を摑んだ。

「覚えておるか。あの練り物の夜を……あの時、このわしともあろう者が狐に取り憑かれてしもうた。この化けさせるのが専門のわしが逆にやられたのだ」

「あれ、うちを狐と呼ばはるのどすか」

「わしは月江の内側を感じ取ろうとした。ところが、どうしても感じ取れなかった。その代わりこの舟遊びの幻が現れたのだ……」

三左衛門は燃えるような目で月江を見つめた。

ふと幼い頃、河原町で出会った光景が蘇《よみがえ》った。

近所に住む友だちの葵《あおい》と一緒に、月江は四条河原に並んでいる芝居小屋の前を通りかかった。

まだ小屋が開く前で周りはひっそりとしていた。芸人たちの焼く干物の匂いが漂っていた。

「そんな芸で金をとれるか」

いきなり男の怒鳴り声がした。二人は驚いて足を止めた。

筵《むしろ》の壁の間から女の子が飛び出してきた。まだ十二、三歳、月江と同じ年頃だった。すぐ後ろから太った男が追いかけてきた。あっという間に女の子は襟首をつかまれた。

女の子は唇を噛んで、両手をばたばたさせてもがいた。男はその風采からすると、どうやら小屋の親方のようだった。

「この恩知らず。橋の下に捨ててあったお前を、わざわざ拾ってきて育ててやったんだ。忘れたか」

男は女の子の頰に平手打ちをくらわした。女の子は大声で、

「許しておくんなさい。親方、もっと身を入れてやりますから……」

と叫んだ。だが親方は容赦なく突き倒した。女の子は地面に俯《うつぶ》せになって激しく泣いた。親方はそのお尻を踏みつけた。

「いや、許さん。何度同じことを言わせるんだ。性根が腐っとる。あんな半端な芸じゃ、銭はとれんぞ」

男が踏みつけるたびに、女の子は「ひい、ひい」と悲鳴を上げた。

親方は不意に顔を上げ、月江の方を見た。氷の先のような鋭い目だった。月江は震えあがった。

月江はとっさに葵の手をつかんで、転がるように逃げ出した。

ほんの一瞬のことだったが、長い時を経た今もあの親方の冷酷な眼光がありありとよみがえってくる。

三左衛門の目もあの親方を思わせるところがあった。

「これは、これは」

三左衛門のうれしそうな声で月江は我に返った。ねじり鉢巻きをした船頭が焼きたての鮎を皿に載せて持って来たところだった。美しく串を打った鮎が飾り塩を施され芳しい香りを放っている。

三左衛門が一口食べた。

「うまい、やはり鮎は捕りたてに勝るものはない」

器用に鮎の骨を取ると、その身を指先でつまんで差し出した。

「口を開けてみい」

言われるままに月江は口を開けた。

細やかな味と香りが口の中一杯に広がった。横に座っている福花の刺すような視線が感じられた。三左衛門は気にとめることもなく、

「もう一つどうだ」

とまた差し出した。

笛と鼓の音が次第に高くなって、屋形船の中を軽やかに通り抜けて行った。山に当たって幾重にも木霊を引いている。

と、それに合わせて猿の鳴き声が聞こえた。猿も楽の音に合わせて歌っているのだ

ろうか。思わず月江はつぶやいた。

「わびしらに　ましらな鳴きそ　あしひきの　山のかひある　今日にやはあらぬ」

「なんだ、それは」

三左衛門は月江をのぞきこんだ。

「古今和歌集どす。三十六歌仙の一人凡河内躬恒《おおしこうちのみつね》の歌どすねん」

「ほう、どんな意味だ」

「そんなに悲しそうに、猿よ鳴かないでおくれ、ここは山の谷あいで、その名も峡《かい》というように、宇多法皇様の行幸をお迎えしてまことに『効《かい》』のあるよき日ではないか」

三左衛門は口に手をあてて、

「ほっ……」

と笑った。福花が驚いて、

「あら、三左衛門様が笑わはった、うち、見せてもらうのん初めてどすわあ」

「わしを法皇様にたとえたか、さすがじゃ」

三左衛門は月江に盃を差し出した。

三人は、夜の奥に潜む花のように匂う笛と鼓に聴き入った。

三左衛門の耳元で月江はささやいた。

「雅びなことどすねえ。ここをいにしえ人が音曲で錦を織りなさはったんどっしゃろねえ」

「昔も今も同じように、波は楽の音に合わせて舞っておる。贅沢ほどいいものはない。年寄りは憂うつを忘れ、娘は竜宮城の悦楽を味わう」

三左衛門は月江の手を握りしめた。

福花が、

「彦星さん、織姫さん」

と鼓の響きに合わせて歌った。

屋根を外した屋形船には星が雨のように降り注いでいる。三左衛門は丸めた背を伸ばして見上げると、

「月江や、彦星が欲しいじゃろう」

月江はしどろもどろに、

「うちの彦星さんはどこにおいでやすにゃろ」

「案外、近くにいるのかもしれんぞ」

三左衛門はそう言うとまた酒を注いだ。その盃を月江は飲み干した。

あの出来事の直後、月江はすっかり落ち込んでいたのだった。あたかもその心の闇を見計らったかのように、三左衛門が舟遊びに誘ったのだ。月江は目を閉じた。

《尋常ではない男に目をつけられた》
全身に鳥肌がたった。しかし、そんな思いも酔いに溶かされていった。

笛と鼓がやんだ。

笛の小松《こまつ》と鼓の白百合《しらゆり》を乗せた屋形船が、波の音とともに近づいて月江たちの舟にぴたりと横づけした。

船頭が屋形船を押さえると二人の芸妓が乗り移って来た。

三左衛門はすぐ前に座った小松と白百合に盃を差し出した。どちらも今が盛りの芸妓だった。三左衛門の眼差しはその二人と福花と月江を行きつ戻りつして、花選びに思案している風だった。

「ご苦労だった」

三左衛門の舟は大きく揺れながら舟着き場に着いた。舟着き場の坂で、女たちは手を引っ張ったり後ろから押したりして三左衛門の巨体を押しあげた。

これから場所を料亭に変えて一晩中酒宴が続く。歌や舞や贅を尽くした料理が待っている。

刹那の楽しみに身を任せていると、月江は自分が消えて木霊のようなものに操られているような心地がした。

二

源斎の療治所に行くはずの日だった。月江は母の手前、行くふりをして家を出た。花街は提灯の灯も消えて寒々と沈み込んでいた。

《他にどうしたらええと言うんや》

切なさが込み上げて来た。

お座敷に呼ばれるたびに酒を飲んだ。酒を飲み始めたのは舞妓になってからだったが、最近はおいしいと思うようになった。勧められるままに飲む月江をお客は面白がって、どんどん飲ませた。だが、その時は愉快に騒いでも、朝になると付けが回ってきた。

どこか深い穴の中に落ち込んだように、恐ろしい絶望に襲われた。

月江は足のおもむくままに歩いた。

大きな山門の前で立ち止まった。

《ここはどこかしら》

何かに引き寄せられるように山門をくぐった。

朝日を浴びて鉢植えの鹿子百合《かのこゆり》に水をやっている人がいた。影が黒く長く引いてい

る。その人は顔を上げるなり、

「おう、お早う」

と明るく呼びかけて目で廊下の方をさした。

その途端、月江は常無寺に来たことに気がついた。

のろのろと縁側に腰かけた。現夢が横に座って顔をのぞき込んだ。

「どうしたんだ、何かあったのか」

月江は肩を落としたまま、

「ようわからへんのどす」

と答えた。

「小雪のことか」

月江はこっくりうなずいた。

「和尚さん、つろうおす……うち、忘れたいんどす。やりきれんばっかりにお酒を飲んでます。ああほんまに、うち阿呆であかんたれどす」

和尚は月江の背を優しく撫でた。

ぽつりぽつりと小雪のことを話した。

「そうだったのか。それにしてもこれまでよう頑張ってきたなあ。源斎も褒めてくれただろう」

月江は首を横に振った。

「小雪様はうちが邪魔やったんどす。それが、うちには寂しゅうて、悲しゅうて……」

「この世には一切、邪魔なものはない。すべての生き物は必要があるから生まれて来たのだ」

「あんなに心から尽くしてあげたのに、あんまりの仕打ちどす。うちの気持ちなんて通じひんかったんや」

「それはわからんぞ。ただ、月江がそう思い込んでいるだけじゃないのか」

現夢は立ち上がると再び鉢植えの前にかがみこんで、破れた葉を一つ摘んだ。

月江はこれまでの経過を打ちあけた。

「うち、ただのお節介焼きやったんどす。もう、ふっつり心の絆《きずな》も切れました」

現夢は花の香りをかぎながらぽそりと言った。

「糸の絆は切れたとて、心の絆は切れまいて」

「これまでは毎日が楽しかったんどす。けど、自分だけ満足していただけのことどした。もう何もかんも無駄でした。空《むな》しゅうなってしまいました。どうしたらよろしおすの。気が失せてしもて……舞妓もできまへん。どこぞに行って死んでしまいたい」

現夢は近くに寄ってきた鳩《はと》に向かって餌を投げた。

「今、鳩はどう感じているか」

「餌をもろて喜んでいます」

月江は小さな声で答えた。

「その通りだ」

現夢は続けた。

「小雪は、継母にひどい仕打ちを受けて、それがもとで正気をなくしたのかもしれない、ということじゃったな」

「はい」

現夢は穏やかに、

「冷暖自知」

と言った。そしてそのまま立ち上がると、本堂の方へゆっくりと歩き去った。

後ろ姿を見送りながら、月江はその言葉について思いをめぐらした。

やがてこの言葉は、以前現夢から聞いたことがあると思い当たった。それは『禅林《ぜんりん》類聚《るいじゅ》』の中の一節だった。説明した時の和尚の口調が蘇ってきた。

「水が冷たいか、暖かいか、どうやってわかるか。ただ眺めているだけではわからない。ではどうするか」

すぐ月江は答えた。

「手で触ったらたちどころにわかります」

「その通り。自分自身で体験してみないとわからん、という意味だ。人の苦しみも悲しみもまったく同じことだ。傍で見ているだけじゃ、ただわかった様な気がするにすぎぬ。口では同情します、などと軽々しく言えるが、見せかけ、偽の同情にすぎぬ。他人の身になって考えることほど難しいことはないのだ」

そこまで考えるとひらめくものがあった。

月江はぱっと立ち上がると現夢の後を追った。

現夢は本堂の仏壇の前に座って線香をたいていた。和尚の後ろに正座して合掌すると、月江は、

「和尚様、ありがとうございました」

と呼びかけた。

現夢が眼差しを向けた。月江は感じるままに言った。

「ほんの今先まで小雪様の仕打ちを恨んでいました。けど、うちは自分の立場だけに立って、物事を考えていました。ただ治してあげたい一心どしたけど、治してあげる、と思い上がっていたんどす。小雪様の身になれば、これまで受けてきた仕打ちは生易しいものではありまへん。耐えられへんようになって、何度も死のうとされたほどどした。あの人が受けられた仕打ちに比べたら、汚物をかけられることくらい大したこ

とやあらしまへん。源斎先生にお詫び申し上げて、もう一度最初からやり直します。小雪様にも、これまでの思い上がった自分を謝ってまいります」

「よろしい」

一言だけ言うと、現夢はお経を上げ始めた。

朗々と響き渡る般若心経に聞き入りながら、月江は合掌を続けた。

三

療治所の玄関を入ると、三人ほどの患者が待っていた。診察室をのぞいたが、誰もいなかった。奥へ行くと、源斎がお膳の前に正座してお清の給仕で遅い昼食を食べていた。月江はいつものように、

「よろしゅうおたの申します」

と一礼した。

源斎は特に驚いた風でもなく口をもぐもぐしながら、

「おう、頼むぞ」

と返答した。

八重と千草も台所で食事中だった。二人とも何事もなかったかのように、

「こんにちは」

と挨拶した。

みんなは月江が戻って来たのを当たり前のように受け止めているようだった。

荻野屋の内玄関に立つと梅が目を丸くした。他の奉公人たちもまるで幽霊でも見るかのような眼差しを月江に向けた。

月江は背筋を伸ばし奥へ進んだ。いつも通り座敷牢の前から中をのぞきこんだ。

小雪は薄暗がりの中にうずくまっていた。

入り口に立っている月江に気がついた時、小雪はすぐに身を正し、両手をついて月江にお辞儀をした。

一瞬、月江は目を疑った。

《謝ってはる》

まったく思いがけないことだった。

座敷牢に入って周りを見回すと、汚れ物が依然として畳の上にあった。

小雪が身体を起こした。月江は小雪の肩に手を当てて、

「あれあれ、今日も、きれいにしまひょ」

陽気に言ってたすきをかけた。

まずおまるを持って外に出て、洗い場できれいに洗った。それが済むと水を入れた桶を持って牢に戻った。小雪は片隅に坐ってうつむいていた。

一通り汚物を取り除いてから畳を拭き始めた。拭いた雑巾を桶の水で綺麗に洗う。それから汚れた水を持って外に出て新しい水と入れ替える。

月江は四つん這いになって畳をごしごしこすった。息つく間もなく汗だくで仕事に集中した。

何かが額に触れた。顔を上げると、すぐ横に小雪がしゃがみこんで、手ぬぐいで月江の流れる汗を拭っていた。月江は、

「おおきに」

と小雪の顔を見つめた。

小雪の顔に微笑が浮かんだ。

掃除が終わると、月江は小雪の方を向いて座った。

「きれいになりましたえ」

小雪の口元が微妙に動いた。言葉は出てこなかったが、月江が戻ってきたのを歓迎していることは確かだった。

「お薬を飲んでみはりますか」

何気なく月江が訊ねると、小雪はかすかにうなずいた。

《待ちに待った日が来た》

月江は小躍りして台所へ駆け込んだ。

まかないの女中に、

「お薬を飲まれるそうです。煎じたいのですが……」

と弾んだ声で頼んだ。

だがその途端に、そこにいた女たちは蜘蛛《くも》の子を散らすように逃げてしまった。

勝手にやるしかなかった。月江は持参した土瓶をかまどの上に載せた。

熱い土瓶を持って小雪の前に坐った。

月江は煎じ薬を注いだ茶碗を差し出した。

「熱うおすし、やけどせんように、気をつけておくれやす」

小雪は濃い黒褐色の薬をじっと眺めていたが、やがて手に取るとふっ、ふっと吹きながら飲み始めた。月江はその姿を見守った。

最後の一滴まで飲み終わった時、月江は思わず声をあげた。

「よかった。この調子やったら、すぐようなってお外へ出られるようになりますえ」

源斎の嬉しそうな顔が目に浮かんだ。

浮き浮きした気分で荻野屋を出て六角堂の前まで来た。いつもの山門の陰に忠助が立っていた。

「よかった。もう、おいで下さらないのではないかと、気をもんでおりました」

月江は涼しい顔で答えた。

「そんな阿呆な……うち、やめしまへん」

「泣いて帰られたということで、荻野屋の女中たちが『とうとう、狐につかれはった、もう来やはらへん』とか、『狐様の恐ろしい罰があたった』とか話してたんです。心配でなりませんでした」

忠助からこうあからさまに言われると、少し切なかった。

「月江さんに見捨てられたら、小雪様は生涯座敷牢に閉じこめられたままになってしまわれます。もう一度お願いにあがろうかと思ってたんです」

「うちは、どんなに嫌われたってやめしまへんえ」

「ありがとうございます」

「そんなことより、今日、小雪様、お薬を飲まはったんどすえ」

「ほんまですか！　よかった、お薬を……」

忠助は嬉しそうに目を潤ませた。

忠助の笑顔に見送られて、月江は駆け足で療治所に戻った。

第七章　山科、夏の終わり

一

源斎が診察室で八重と話していると、月江が息せき切って駆け込んできた。

「先生、お薬を飲まれました」

「おう、まことか」

源斎は思わず立ち上がった。

「そうか、そうか、月江の粘り勝ちだったなあ。よくやった。こうなればもう、しめたものだ」

源斎はもみあげを撫でながら続けた。

「おそらく月江に汚物をかけたのは、一種の瞑眩《めんげん》だったのだろう」

「瞑眩て、何どすか」

「薬が効き出すと、一時的に病が悪くなったように見える時がある。それが瞑眩だ」

「けど、薬は今日、初めてお飲みやしたんどすえ」

月江が吹きだした。

「あ、そうか。いやはや、月江の心の薬が効いたのかもしれんな」

神妙な面持ちで源斎が付け加えた。

「思い出すのは、曲直瀬道三《まなせどうさん》先生のことだ。室町幕府第十三代征夷大将軍、足利義輝《あしかがよしてる》を診察されたという。京に啓迪院《けいてきいん》という医学校を創建された人だ。道三先生は『啓迪集《けいてきしゅう》』で、『移情の法』を唱えられた。狂気は喜、怒、憂、思、悲、恐、驚の七情が異常になると起こる。薬は効果がない。それではどうするか。『人事により治療すべきである』とある。これは人の心、つまり情を移して治すという意味だ。『移情の法』は賢い治療者だけが行うことができる、と道三先生は書いておられる。確かに非常に難しいのだ。ところが月江は誰からも教わらないで、自然に『移情の法』をやってのけたのだ」

月江は恥ずかしそうに下を向いた。源斎は続けた。

「今日まで小雪はまったく薬を受けつけなかった。しかし月江は根気よく通って、薬を飲むところまでこぎつけた。心から小雪を治したいという情こそ、まさしく道三先生の『移情の法』そのものだ」

月江が、

「ほな、お薬は役にたたへんということどすか」

「いや、それは道三先生の論説だ。要するに、癲狂の本態がわからん以上、結局、薬が効くかどうかはっきりしない。ただわしの言いたいことは、癲狂の治療は情を持ってやらないといかんということだ。琴渓先生のおっしゃる通り、誠意を持ってやれば、いつか必ず港に着く」

八重が言った。

「月江さんの粘り強さには感心しました」

月江が思いついたように口にした。

「お薬を飲まはったんは、自分が病にかかってる、と少しわからはったんとちゃいますやろか？」

「そうかもしれぬ」

源斎はうなずいた。

「けど、彩乃様は何で小雪様を目の敵にしゃはったんでしょうねえ」

月江がふっとつぶやいた。

源斎は口をへの字に結んで腕を組んだ。

「えげつないいけずどしたし。何かあるんとちゃいますか」

「そうかもしれぬ」

「その何かがわかったら、もっと治療がし易うなるのとちゃいますか」

「そう言えばかなえさんと一緒に女中頭も暇を出されたということだったな。お久さんと言ったか。その人なら事情をわかっているかもしれん」

「お久さんは山科《やましな》に住んでいらっしゃるということでございます」

「治療は次の段階に入ったようだ。そろそろ動くことにしよう。直接お久さんに話を聞いてみよう」

源斎は八重の方を向いた。

「一日がかりになる。八重、診察は休みにする」

「はい」

八重は一礼して立ち上がった。

二

晴れ渡った日の明け六つ、まだ薄暗い中を源斎は月江をともなって山科に向かった。山科は京の町から四里ほど東、東海道五十三番目の宿、大津宿へ行く手前にある。

江戸へ向かう旅人たちが肩から前後に振分け荷物をつるして歩いていた。男達は一様に菅笠をかぶり、合羽を羽織り、手甲脚絆《てっこうきゃはん》姿である。女達は菅笠か手ぬぐいの姉さんかぶりで、着物の裾を細紐ではしょり上げている。五、六人まとまって大八車とともに移動していく旅芸人の一団もいた。

源斎は久々の遠出ですっかり解放された気分になった。後ろからついて来る月江に

向かって、

「わしらもこのまま、江戸に出るか」

と軽口をたたいた。

「へえ、連れてっておくれやす」

月江の明るい声を聞くと源斎は年甲斐もなく胸が躍った。

粟田口《あわたぐち》から蹴上《けあげ》に入ると、蟬がかしましく鳴いていた。暑くなりそうだった。

日ノ岡に着くと、ずらりと並んでいる茶店の一つで団子を食べた。

天智天皇の陵のある御廟野《ごびょうの》を過ぎるとそこが山科だった。

山科は、北は大文字山と如意《にょい》ヶ嶽《たけ》、東は音羽山、西は稲荷山と三方を山に囲まれた盆地である。

巨大な楠《くすのき》があるというのがお久の家の目印だった。その土地に住んでいる人に訊ねながら進んでいくと、やがて背後に林を控えた四、五軒の茅葺《かやぶき》の農家が見えた。楠のおかげでお久の家はすぐわかった。

大きな家で長い庇《ひさし》の下には切った竹がつるしてあった。庭ではおびただしい鶏が賑やかな声をあげて草をつついている。

玄関の前から、月江が呼んだが返事はなかった。

「畑仕事だろう。戸締まりもしてないし、そのうち帰ってみえるだろう」

源斎は門の近くの楠の木陰に腰を下ろして汗を拭いた。

待つほどもなく年の頃五十歳ほどの姉さんかむりをした女が、なすの一杯入った籠を抱えて戻ってきた。色白で身のこなしには雅な香りがあった。

月江はゆっくり近づいて、

「お久様でいらっしゃいますか」

と訊ねた。

「はい、さようでございます」

落ち着いた響きだった。源斎が一礼した。

「私は御幸町の小島療治所の源斎と申します。実は、荻野屋の小雪さんのことについてお話をお聞きしたくて参りました」

その瞬間、お久の顔色が変わった。

「小雪様のお具合はいかがでございましょうか。案じておりました」

家の方を指さしてお久は、

「立ち話もなんでございます。むさくるしいところでございますが……」

と二人を案内した。

広い土間を進んで行くと、右側の奥に大きなかまどが並び、左側には板間があり、その中央には囲炉裏《いろり》があった。薄暗かったが風が心地よく吹き抜けた。

お久は奥の座敷に案内した。

手入れが行き届き、立派な簞笥《たんす》が置かれ、豊かな暮らしぶりを思わせた。開け放った障子の向こう側には縁側があり庭が広がっていた。

お久は源斎に座布団を勧め、茶を出した。

源斎は茶を一口すると、前に座ったお久に向かっておもむろに切り出した。

「小雪さんの治療を始めてから、かれこれ六か月ほどたっております。少しずつは回復しておられますが、まだまだ座敷牢を出られるような状況ではございません。これまで往診したところでは、何か大きな出来事があって、それがきっかけとなってご病気になられたように推察しております。そこであなたを訪ねてまいりました。是非とも、荻野屋さんに奉公されていた頃の、小雪さんの様子をお聞かせいただけたら、有り難く存じます」

お久は身を乗り出した。

「たちの悪い狐がついたと、お聞きしております。病気とおっしゃいましたが、一体何のご病気でいらっしゃいますか」

「小雪さんがあんなことになってしまわれたのは、狐憑きではありません。癲狂でございます」

源斎は端的にこれまでの経過を話した。お久は話の途中から涙をにじませ、

「ああ、ご苦労なさったのですね」

と嘆息した。

「率直に申し上げて、小雪さんと継母の彩乃殿との関係はいかがでしたか」

そう言って源斎はお久を見つめた。お久はうつむいてじっと唇を噛み考え込む様子だ。

言おうか、言うまいか躊躇《ちゅうちょ》している風だったが、決心したように顔を上げた。

「先生は小雪様を立派に治してくださる方とお見受けいたしました。荻野屋様にはご恩がございます。私は十三歳の時に奉公に上がり、それから三十年ほど、お仕えさせていただきました。小雪様がお生まれになった時のことも、昨日のことのように覚えております。前のお内儀様には本当によくしていただきました。今でも手を合わせない日はございません」

思い出をたどるようにお久は目を閉じた。

「後添えの彩乃様は大変厳しいお方でございました。実はお見えになられてから三月ほどで私もお暇を出されてしまいました。前のお内儀様の女中頭をしておりましたから、御目障りになったに違いありません」

お久は顔をゆがめた。

「私などお暇を出されたらそれまでのこと。ですが小雪様はそうは参りません。小雪様は前のお内儀様に瓜二つでございます。きっと彩乃様は前のお内儀様への恨みを小雪様にお向けになっていたのでしょう」

「その恨みというのは何ですか。腑に落ちないところがあります。彩乃殿こそ、前のお内儀を追い出して、後釜に座られた訳じゃないですか。しかも、彩乃殿が荻野屋に見えて、しばらくしたら前のお内儀は亡くなられたということです。悲しみのあまり亡くなられたのかも知れません。生きておられるならいざ知らず、それほど恨みが大きくなる理由はないと思いますが……」

お久は首を横に振った。

「いいえ、そんな生やさしいものではなかったのでございます」

それから一語一語かみしめるようにお久は語り始めた。

「最初からお話し申し上げましょう。六年ほど前のことでございます。旦那様はお内儀様と小雪様を連れて、清水まで花見に行かれました。私もお供させていただきました。満開の桜の下を、三人手をつなぎ清水の坂を登られる後ろ姿は本当に幸せそのものでございました。お帰りに、二年坂の途中にある茶碗屋に寄られました。ただ気紛れにのぞかれただけでした。しかし、偶然というのは恐ろしいものでございます。もしあの日、あのお店に立ち寄られなかったら、私はまだ荻野屋様でお内儀様にお仕えしていたことと思います……」

お久は目を閉じたまま長い溜息をついた。

「そこで旦那様のお相手をしたのが、他ならぬ彩乃様でございました。彩乃様はその茶碗屋の娘で、陶器職人と所帯を持っていたのですが、そのつれあいは子もなさぬ間に若くして亡くなりました。そこで実家に戻って店の手伝いをしておられたのです。

その次の日に、彩乃様は買い求められた茶碗を届けに荻野屋までみえました。そこで旦那様は彩乃様と店の客間で長いこと話しておいででございました。私がお茶をお持ちいたしましたら、お互いに気が合われたのか、旦那様はこれまでになく楽しそうに見えました」

お久は嘆くように天井を仰いだ。

「それをきっかけに、旦那様は茶碗を見に行くと言っては、彩乃様に会いに行かれるようになりました。でも、家では普段と変わらず、お内儀様のことも小雪様のことも愛おしんでおられました。今から思いますと、あの時、旦那様は彩乃様とのご関係を表ざたにするお気持ちなどなかったように思います」

お久は束《つか》の間《ま》言葉を切って考え込んだ。

源斎は続きを待った。お久は一語一語を区切るように話し始めた。

「世の中にはとんだおせっかいがいるものでございます。旦那様が彩乃様と祇園の料理茶屋にいらしたと、お内儀様に注進した者がございました。お内儀様の立腹の仕様は尋常ではありませんでした。私を呼んで、彩乃様をさんざん悪し様に罵られました。お内儀様の口からあんなひどい言葉が出るとは信じられず、耳を疑いました。

それからすぐ、お内儀様に日稼ぎ商人の六兵衛《ろくべえ》を呼ぶよう命じられました。六兵衛は奥様に鼈甲《べっこう》の櫛《くし》や珊瑚《さんご》の髪飾り、帯止めとか、印籠や煙草入れなど、贅沢品を内々に売り込みに来ていました。博徒ともつながりがあるという噂のある男でした。告げ口の舌はこの六兵衛に違いありませんでした。

今から思い返しますと、私はそこでお内儀様をお諫《いさ》めしなければならない立場でございました。お内儀様は六兵衛に、

『二人を別れさせておくれ。場合によっては、相手の女を殺してもかまいません』と言われました。

六兵衛は『わしはこのとおりろくでもない男ですが、人の道に反することをする輩《やから》は絶対に許せません。彩乃とやら、天罰を与えてやります』とお内儀様に約束しました。私は怖気立《おぞけだ》ちましたが、結局、お内儀様の言われるままに動いてしまいました。

六兵衛が帰る時、お内儀様から預かったお金をその手に握らせました。そしてあろうことか、『彩乃とかいう女をこっぴどく懲らしめてください』と付け加えたのでございます。

それから半年ばかりしてから、突然茶碗屋が店を閉じました。火事を出した上に、主《あるじ》が亡くなったからということでした。六兵衛の仕業に違いありません」

お久は長いため息をついた。

「彩乃様は六兵衛の所業の数々を、事細かく旦那様のお耳に入れられていたのでしょう。六兵衛本人から何か聞き出されたのかも知れません。それから間もなく、今度は旦那様がお内儀様に三行半《みくだりはん》を渡されたのです」

重苦しい沈黙が立ち込めた。

源斎は煙草をくゆらせて聞き入っていた。

「やがて旦那様は彩乃様と正式に祝言を挙げられました。小雪様は、このごたごたが起こった頃から次第に引きこもって、外に出られなくなりました。けれども、座敷牢に閉じ込められるほど悪いご様子ではございませんでした。そこまで悪くなられたのは、彩乃様と一緒に暮らされるようになってからだと思います」

そこでお久は話をやめた。

しばらく沈黙が続いた。

お久がすがるように言った。

「小雪様はご回復なさいますか」

源斎が答えた。

「これまでの流れがよくわかりました。彩乃殿が小雪さんを憎まれる経緯も納得いきました。ようやく出口が見えた気がします。お任せください」

月江も一緒に頭を下げた。

お久は庭の方に目をやりながら、

「ちょいちょい夢を見るんです。小雪様が祝言を上げられて、旦那様と近くの随心院まで梅見に来られるところを……」

と独り言のように言った。

「きっと正夢になりますよ」

源斎はそう言って煙草の火を消した。

お久は源斎と月江が道を曲がるまで門の前に立って何度も頭を下げた。

「よいお知らせをお待ちしております」

月江が言った。

「必ずお持ちいたします」

すでに日が傾きひんやりした風が吹き、ひぐらしが鳴いていた。

歩みながら源斎が言った。

「人というのは、表面だけではわからぬものだなあ。これまで一方的に彩乃殿は、たちの悪い女だと決めこんでいたのだが……軽率だった」

「うちもそう思います。けど、小雪様に対する仕打ちはちょっとひどすぎます。小雪様は前のお内儀様のお子様ではあっても別人です」

「それはそうだ。だが、それをわからせるのは難しい」

「小雪様も、分別がついたはりましたやろし、お母様が彩乃様にしやはった仕打ちを、自分がしたことのように思いつめてはるんやないでしょうか。座敷牢にじっとしておいでやすのは、お母様の罪滅ぼしのつもりなんとちゃいますか」

「そうかもしれんな」

「なんちゅうても、無垢《むく》なええとこのお嬢さんどすし、そこまで思いつめることはないて、わからしてあげるのも難儀なことどす」

「確かにそうだ。これからが難しい」

林を抜けると周囲が開け、西日が直接照りつけた。

「幣次殿がもう少ししっかりしてくれるといいのだが……わしに頼んでおきながら、彩乃殿に引っ張られて、まだ狐憑きだと考えているみたいだ」

「辛気臭い人どすなあ。けど、ややこしいことはお稲荷さんが出て来てくれはった方が、あんじょう片がつくのかもしれまへん」

「月江はいいことを言う。狐憑きというのは、人間同士の関係がもつれてどうしようもなくなった時、いい口実になるのは確かだ。狐が出てくれれば、それ以上考える必要はなくなる」

「もつれをほどけば、狐は出て行ったとなるわけどすね」

「そうだ。けど、もつれをほどくのは難しいぞ。さあ、これからどうするか……」

やがて遥《はる》かに幻のような京の明かりが浮かび上がって来た。

二人は足取りを速めた。

三

五山の送り火が済むと秋風が立った。源斎は彩乃に会いたい旨の書面を月江に預けた。番頭が幣次に伝え、彩乃と会う日が決まった。

その日、まず源斎は月江をともなって座敷牢に入った。

小雪は源斎を正座して迎えた。源斎は、

「ほう、具合がよさそうだな」

と口元を緩めた。

「薬はのんでおいでか」

小雪はまだ言葉は出なかったがしっかりうなずいた。月江が横から、

「お薬はうちが差し上げると飲まれます。けど、梅さんの作った薬は飲まれません」

「そうか。相手によって違うのだな」

源斎は小雪の手を取って脈診をした。

「お腹《なか》を診察したいのだがよろしいかな」

小雪は素直に横になってお腹を出した。源斎は時間をかけて診察した。

「よろしい」

と月江に顔を向けた。

「いま、薬は一日おきに飲んでおられるな」

「へえ、お薬を差し上げるだけでしたら、朝早いうちなら毎日でもおうかがい出来ます」

源斎は小雪に訊ねた。

「月江が毎日、薬を飲ませに来る。朝早いそうだが、どうだ、飲むか」

小雪はうなずいた。

「月江が来るのは楽しみだろう。よし、頼むぞ」

源斎は月江を残して座敷牢を出た。

巨大な庭石に囲まれた池の上には、歳を経た松の枝が水面すれすれに這うように伸びている。手の入った躑躅《つつじ》や楓《かえで》の背後には黒鉄黐《くろがねもち》が茂っていた。向こうには黒い木塀があるのだが樹木で隠されて見えない。その裏に座敷牢がある。

「お待たせしました」

衣擦れの音とともに彩乃が現れた。花のように匂い立っている。思わず源斎は目を奪われた。

彩乃と会うのは二度目だった。普通の母親なら医者を待ち構えていて、事細かく容態を聞くものだがそんな気配はまったくない。

彩乃は往診の礼を言うこともなく、源斎の言葉を待っていた。源斎から口を切った。

「幣次殿はお忙しいご様子なので経過をお伝え申し上げます。たまにはお聞きいただかないと……」

彩乃はまるで自分には関係ないとでもいうような冷然とした視線を床に向けた。

「座敷牢はお訪ねになりましたか」

源斎が訊ねても、やはり彩乃は軽く目を伏せたまま答えなかった。

源斎はやりきれなくなって庭の方に視線をそらした。

「ようやくお薬を飲まれるようになりました。このままうまくいけば、早々に座敷牢から出られます」

彩乃がこちらを向いて、落ち着き払った口調で言った。

「それは結構なことでございますね。旦那様もどんなにかお喜びでしょう」

柔らかな言葉には底知れぬ冷たさが潜んでいた。いつも拝まんばかりに頼って来る患者の家族を相手にするのとは勝手が違っていた。

二人の間に重苦しい沈黙が立ち込めた。

彩乃が口を開いた。

「小雪の様子はいつも梅から聞いております。梅の話では、小雪は相変わらず人を寄せつけないそうじゃございませんか。梅と、先生のお手伝いの月江さんとおっしゃいましたか、その人しか駄目だそうです。それに薬を飲むと言っても、梅の煎じたものには絶対に手をつけないとか。同じ薬なのに、私にはさっぱりわかりません。どうみても、まだおかしいとしか思われません」

「いや、それは人慣れしていないからです。座敷牢にこんなに長い間入っておりますと、誰だってそうなるものです。これがもっと長期になりますと、さらに人から遠ざかって、人を怖がり、自分の殻に閉じこもっていくことになります。私は医者としてそのことのほうを案じております」

彩乃は話し出すと流暢だった。

「お言葉を返すようでございますが、小雪はまだ口もきけないそうでございますね。梅も小雪が何を考えているのかわからない、とおののいております」

「いや、口をきかないからと言って、よからぬことを考えているわけではありません」

「先生は、口をきかない者の考えがおわかりになるのでございますか」

「それは相手の目の動き、身のこなしや雰囲気などからわかります」

彩乃は源斎の言葉を無視するかのように手つかずのお茶をしなやかな指先で指し、

「どうぞ、お召し上がりくださいませ」

と勧めた。それに応じることなく源斎は続けた。

「直接行ってご自分で確かめてみられてはいかがですか」

「そうしたいのはやまやまでございますが、梅やら女中頭のお玉が危ないと引き留めるものでございますから」

「そんなことはありません。大丈夫です」

源斎はそう断言した。

「お玉の申しますには、口がきけないというのは病が重い証拠だということでございます。先生はそれでも、治ったとおっしゃるのでございますか」

彩乃は挑むような眼差しを向けてきた。むらむらと怒りが込み上げた。

「皆さんは、まだ、狐憑きだと考えておいでなのか」

彩乃は聞こえないふりでもするように何も答えない。

これ以上同席するのは耐え難かった。

源斎が立ち上がると、彩乃は、

「今後とも、よろしゅうお願いいたします」

と馬鹿丁寧にお辞儀をした。


夕方、小雪の世話をすませた月江が戻って来て、すぐに源斎のところに顔を出した。

「彩乃様は、何て言うてはりましたんどす?」

「しばらく様子を見る他ない」

源斎は吐き出すように言った。月江は肩を落とした。

「せっかく、ええ兆しが見えてきたのに……」

「あんなわからず屋はおらん。あやつらは座敷牢から小雪を出す気なんてさらさらない。あの内儀こそ狐に憑かれておる。たぶらかされたあげく、お前や忠助やお母さんに嫌がらせをさせたのだ。人間は人にされた仕打ちをやり返すというが、本当だ」

「次は先生に来るのちゃいますか。十二分に気をつけておくれやす」

「なーに、わしはこれでも、幼い頃から剣術が好きでな。腕に自信はある。医者の身で人を傷つけるわけにはいかないが、身を守るためだったら、思い切り暴れてもいいだろう。こっぴどく打ちのめしてやる」

源斎の剣幕を月江が啞然として見ている。

「実は、小雪さんと前の内儀を混同するのはおかしい、と諫めるつもりだった。ところがとてもそれどころではなかった。このままでは女中たちを巻き込んで、ずっと閉じ込めておくだろう」

「一度思い込んだら、変えるのは難しいおすね」

月江が悲し気につぶやいた。

「こうなれば、正面からいくしかない」

「どういうことどすか？」

「単純だ。彩乃殿の説得は無理だ。とにかく、小雪さんの言葉が出るようにする。喉元まで出かかっている。後は何かちょっとしたきっかけがあれば、ひょいと出てきそうな気がする」

「うちも頑張らしてもらいます。何とかそのきっかけを見つけましょう。うちにできることを考えてみます」

月江の目が輝いていた。

第八章　四季の曲

一

六角堂の前にさしかかった時だった。背後から、

「月江さん」

と声がした。

忠助が周りを見回しながら小走りに駆け寄って来た。顎を突き出すようにして月江の表情をうかがっている。

「毎日お薬飲んではるし、おとなしゅうしたはります」

「ああ、安心しました」

そう言うと忠助の口元にかすかな笑みが浮かんだ。

月江が言った。

「うち、忠助はんに聞きたいことがあったんや」

「何ですか？」

二人はどちらからともなく六角堂の裏に入った。

「小雪様は落ち着いてはいやはるけど、このままやったら、ずるずると長引いて行き

そうどす。とても心が癒えるなんてことはあらしまへん。かと言うて、小雪様は何も語られまへんし……源斎先生は何か、心を打たれるていうか、そんなきっかけでもあったら言葉が口から出るようになるって、言うてはります。忠助さん、ええお知恵はあらしませんか？」

「そうですねえ」

　忠助は腕組みして思い出をたどるように語りだした。

「何か、じかに心に訴えると言うと……お茶、お花、お習字、お琴、どれもすごくお上手でした。お師匠さんもえらく感心しておいででした。その中でも特に、お琴。そう、お師匠さんの家でお琴の演奏会をされたこともありました。庭石の陰からお嬢様のお姿を見たことがあります。金銀の滴《しずく》みたいな調べに包まれて、月世界の人みたいでした。後で教えていただきましたが、八橋検校《やつはしけんぎょう》の『四季の曲』だったそうです」

「そうどすか、おおきに。もしかしたら小雪様はお琴しゃはったらええかもしれへん」

「はい、そうかもしれません」

「それに忠助さんのお耳やったら、小雪様の具合がわかるかもしれまへんね」

「いや、滅相もない。私は不調法です」

　忠助ははにかんでうつむいた。

「小雪様にお琴をお勧めしてはいかがでしょうか」

月江が源斎に相談すると、源斎はいきなり他の話を始めた。

「ふと、後藤艮山先生の説を思い出した。先生はいつも斬新な考え方をなさるお方だった。こうして小島家が剃髪せずに、髪を後ろで束ねるようになったのも、艮山先生の影響だ」

源斎は咳払いを一つした。

「さて、艮山先生は『病気は一気の留滞《りゅうたい》するところに生ず』と喝破された。これまでの経験からすると、わしもまったくその通りだと思う」

「気とは何どすか」

月江は訊ねた。源斎はおもむろに、

「気とは不思議なものだ。説明できない。しかし、たとえば元気がない、やる気がない、陰気とか、人の気分を表現する時にはどうしても必要な言葉だ。気は古方派の基本概念だ。名古屋玄医先生は、万病は寒気によって生ずるという万病寒気説を唱えられた。それを艮山先生がさらに深めて、温泉の噴出する気によって、留滞している気を順気に変える、すなわち順調な気分を体内に充満させるという治療法を案出された。続いてその弟子の香川修庵先生は、師の気の留滞説を発展させて、本格的に温泉治療を推し進められた。癲狂を考える上でも、わしの考える限り、気の留滞説は当てはまるようだ」

話しているうちに次第に源斎は調子づいた。

「病気である以上、原因があることは確かだ。原因を理屈で究明するのが蘭学だ。もちろん癲狂についても考察されている。玄沢先生と同門の宇田川玄随《うだがわげんずい》先生が翻訳された『西説内科撰要』には、『脳の運動および精気の流通をして常度を変せしめる事ある時は、すなわち精神錯乱を発するなり』と書いてある。ここで『精気の流通』とあるのは興味深いことだ。しかしそれが脳の運動とどんな関係があるかは書いてない」

月江は夢見るように、

「脳って不思議な響きどすね。行ったことも見たこともあらへんのに、阿蘭陀の都が浮かんでくるようどす」

と言った。それから訊ねた。

「蘭学の『精気』という言葉は、先生の古方の『気』とどう違うのでございますか？」

「それはわしにもわからぬ。しかし、気については南蛮よりも東洋の方がずっと進んだ考え方を持っているようだ。古方で言う気とは本来、気息、つまり命ある物という意味だ。そもそも気は中国の思想の根本の一つ、日本でも古来、特に武道では重視されてきた。月江も聞いたことがあるだろうが、剣聖と言われる人々は気だけで敵を倒すという話……これはまんざらでたらめでもないようだ。だが、気の実態はというと、さっぱりわからない。言葉だけじゃあとらえられない」

「ああ、先生の言わはる意味がようやくわかりました。小雪様が琴を弾かはったら、留滞していた気が流れ出して、順気に変わるということどすね」

「そうなるといいのだがなあ……」

源斎は自信なさそうに、

「一番いいのは座敷牢から出すことだ。だが彩乃殿があれじゃどうしようもない。となると、琴でもやらせて気の流れを変えてみるしかないだろう」

と言うと、口をへの字に結んで考え込んだ。

「昔通りに弾けるようになればしめたものだ。彩乃殿と幣次殿に聞かせる。そうすれば出せる。こんな風に行き詰まったら、どんどん仕掛けるしかない。失敗を恐れている場合ではない」

源斎は自分を納得させるかのように何度もうなずいた。

二

小雪は琴を前にすると戸惑ったように眺めた。月江は、

「あなたのお琴どす。昔、弾いていやはりましたんえ。大蔵にしまってあったんを出してもろてきたんどす」

と琴爪を差し出した。

だが小雪は身体を硬くしたままだ。何か目に見えない力で押さえつけられているように見えた。

月江はそっと小雪の指を取って琴爪をはめてやった。

「こうやってお弾きやす」

小雪の指を弦にあてがって一つはじかせた。

「ぽろーん」

暗い座敷牢に一瞬明かりが灯ったかのような響きがした。

小雪はしばらく目を閉じていた。まるで失われた思い出をたどっているように見えた。

目を開けると小雪はおそるおそる弦をはじいた。はじいては止《や》め、はじいては止めを繰り返した。

しかしじきにそっぽを向いてしまった。月江は、

「また、今度、聴かせておくれやす」

と小雪の琴爪を外した。小雪は何か言いたげに口元を動かしたが、やはり言葉は出

てこなかった。

訪問するたびに月江は小雪の前に琴を置いた。

小雪は途切れ途切れに弾くようになった。時には短い旋律になることもあった。ほんの短い間ではあったが、きらりと光る精妙な響きがあり、見事な一節になることもあった。その様は、行き詰まっている心があちこち出口を求めてさまよっているようだった。

月江は聴き入るだけで、一言も褒めることはしなかった。しばしばお客から小唄や端唄を聞かされることがあったが、褒めると逆にまずくなることがあった。無心にやらせるほうが、他人を気にしないから楽しく歌えるものなのだ。

心は乱れても、身体が覚えていたのだろう。小雪の演奏は翳《かげ》をおびたしっとりとした響きから、嵐のように激しい音までを乱れなく表せるようになった。

月江は知らず知らずのうちに演奏に引き込まれていった。

《今、小雪様はどんなところを漂うてはるのやろ》

ふとそう思うと、忠助の声がよみがえって来た。

「満開の花の下で、小雪様は旦那様やお内儀様と、色とりどりの花見弁当を召しあがっていたものでございます……幸せを絵に描いたようというのは、あのようなお姿のことを申しますのでしょう」

小雪の演奏が終わると月江は思わず、

「うちも何やら、歌うてみとうなりました」

と小雪を見た。

「四季の曲」は題の通り四季の移り変わりを歌ったもので、春から始まって冬で終わる。

月江は歌詞を調べてきて、琴の音に合わせて歌った。琴の響きも美しいが、歌詞もまた詩情にあふれていた。

「冬は時雨《しぐれ》　初霜　あられ　みぞれ　木枯らし」

と歌う時、月江の胸は切なく締め付けられた。

《小雪様、今は冬、けれども春はきます》と、密《ひそ》かに呼びかけた。

月江が歌うと、小雪の琴も熱が入った。歌詞に合わせて琴の響きも変化した。月江は音曲を通じて心が通いあうのを感じた。

そのうち月江の身体が自然と動き出した。

「今度は、琴に合わせて舞いとうなってきましたわ」

小雪がうなずいた。

月江は思うままに振り付けをして、歌いながら舞い始めた。

「これでどうどすか」

うまく行くと小雪はかすかにうなずいた。まずい時には動かなかった。

次第に洗練された舞が出来上がっていった。

自分に注がれる小雪の視線を感じて、月江の心に歓《よろこ》びが湧いた。その気持ちが通じたのか、小雪の頬もゆるんでいた。

座敷牢から出た時に、梅が寄って来た。

「お上手ですねえ」

いつも逃げてばかりいた梅が初めて話しかけてきた。梅ばかりではない、小雪が琴を弾き始めてから、屋敷の女中たちの雰囲気が変わりだした。

源斎に報告すると、

「巫女が狐祓いをしているように見えて、皆さん安心されたのだろう」

と冗談を言った。

源斎は滅多に軽口をたたかない。相当ご機嫌なようだった。

三

「月江、ちょっとおいない」

母が呼んだ。ちょうどその日はお座敷もなく、月江は久しぶりに花簪や銀ビラや櫛を磨いているところだった。

母は仏間に正座していた。仲居の菊《きく》がお茶とお茶菓子を運んできた。いつもとは違う雰囲気だった。

「ついつい、忙しゅうて聞けへんかったけど、大堰川の舟遊びはどうどした」

母が切り出した。

「へえ、楽しおした。お舟で聴きますと、笛も鼓も段違いにきれいどした」

「そうか、それはよろしゅうおした」

母は目を細めた。

「三左衛門様は何か言うてはったか」

「へえ、とっても優しゅうしていただきました。舟遊びの後もお座敷で舞を舞わせていただきました。お前の舞は格別だ、と褒めていただきました。せやけど、福花さん姉さんもいやはりましたし」

「そうかいな、福花さんは別格やさかいなあ。お前も精進せんと……」

二人は向き合ったままお茶を飲みお菓子を食べた。

母があらたまって訊ねた。

「三左衛門様のことをどう思う」

「どうって……自分の指で鮎を食べさせてくれはったんどすけど。お姉さん方の前やったし、恥ずかしおした」

「そうか、優しいお方どすにゃなあ」

月江はあの時のことを思い出して赤くなった。

母が続けた。

「実は昨日、井筒屋の女将さんがお見えならはってなぁ、三左衛門様が是非とも旦那さんになりたいと言うてくれたはるそうや。それがなあ。普段と違うて、えらい勢いで話をつけるようにやて。それはそれはひつこかったそうや。女将さんも、これまでお世話になってるこっちゃしなあ、ここでご恩返しをしとかんとちゅうようなことで、わざわざ、うちに頼みに見えはったんや。それも、出来るだけ早う、返事をするように言うておみえなんやわ」

母は返事をせかすような眼差しになった。

「声をかけてもらえるうちが花どっせ。じき、見向きどころか、振り向きもされへんようになる」

　月江はどう答えていいのかわからなかった。

「今さら言わんかてようわかってるやろ。女だてらに店をやって行くのは、そら、並大抵のことやないんや。お茶屋はなあ、誰か立派な後ろ盾をもたんと成り立たへんのどすえ。ご先祖様が結婚されへんかったんはそのためや。女子《おなご》の命と引き換えに、こうしてよし屋は続いてるんや。せやしうちかて旦那さんを取った。十八の時やった」

「その人を好きやったんどすか」

　母は吹き出した。

「好きとか嫌いとかいうのは贅沢や。もう六十過ぎたはりました。お金持ちやった。最初はどんどんお金をいただいて、ええ思いもさせてもろたけど、後々けちくそうならはって苦労した。いっとき恨んでた時期もあったけど、振り返って見るとうちのわがままやった。おかげさまでよし屋はこうしてお茶屋として続けてこられたんえ」

　月江は母の額の皺《しわ》を見つめた。最近ぐっと老け込んだようだった。

「うちもよし屋の娘どすし、旦那さんを取らんならんことわかってます。けど、おじいさんはいややわ」

　母は苦笑いした。

「若い人というたら、どこかの丁稚か、せいぜい小さな店の番頭くらいや。こっちが小遣いをくれてやらんとあきまへん。よし屋はどうなるんや。ご先祖様に申し訳がたたへん。そんなわがままは許されまへん」

月江はやりきれない思いに襲われた。

「うちは自分の好きなように生きられへんのやな」

と口走っていた。とっさに母が、

「何がしたいねん」

月江は黙り込んだ。母が再び訊ねた。

「はっきり言うてみよし」

「うち、源斎先生の加勢をしたいんや」

答えた途端に涙が込み上げてきた。思わず月江は立ち上がって母に寄り添った。母の手を取って両方の手の平で握り締めた。

やたら涙がこぼれた。歯を食いしばっていたが、その間から嗚咽《おえつ》が漏れた。

その時ふと、「不昧因果」という現夢の厳しい声が聞こえてきた。正月の時とまったく同じことを繰り返していたのだった。

《よし屋の娘に生まれたのも因果。覚悟しんとあかん》

月江は顔を上げてじっと目を閉じた。

涙が止んだ。

「すいまへん」

月江は頭を下げた。母は黙って立ち上がると手拭いを持って来た。

「お顔を上げてみ」

と月江の顔を拭いてくれた。

「うち、三左衛門様、怖いんや」

月江がつぶやいた。母は笑みをたたえて、

「井筒屋のお母さんが、三左衛門様はお前を気に入っていやはる、とはっきり言うてはるやんか。そやし、あんたを可愛がってくれはるに決まってる。あんたはまだよう知らんさかいやけど、殿方ちゅうのは好きな娘には優しいもんどす。三左衛門様みたいな桁違いの大金持ちは、湯水のようにお金を使わはるさかい、あんたは運がええのんえ。お年かて六十歳くらいやさかい」

「何どすて。四十四も離れてますやん。おじいちゃんみたいなもんやんか」

「わからへんのか？　あの世にお金は持っていけまへん。出し惜しみはされまへん。きれいな着物をいっぱい着せてくれはりまっせ」

「お内儀様がいやはるんどっしゃろ？」

「あたりまえどす。けど、ええお年寄やさかい。気にしゃはるかいな」

急に母が湿っぽい口調になった。

「物の値段も高うなってなあ、祇園のお客はんも減って来たし。うちもやりくりが苦しゅうなってきたんや」

月江が口を挟んだ。

「けど、井筒屋はんなんか繁盛したはるみたいどっせ」

母は力なく言った。

「当たり前や。あそこはお金持ちしか客に取らはらへん。井筒屋はんのお客になるのは、お金持ちの誇りやなんさかい。うちのお客はんは、懐はあんまりあったかいことおへんけど、物書き、絵描き、あとはお師匠さん方どっさかい、それなりの偉い人なんや。みなさん、よし屋のなじみやということを誇りにしてもろてます。ここまで来るのに、ご先祖様は血の涙を流して来られたんや。暖簾ほど大事なものはありまへんで。うちの旦那さんも、あんたも知っての通り、あっちへ逝ってしまわはったしなあ」

母の眼差しに力はなかった。

「三左衛門様は月江の旦那さんにならはったら、よし屋を助けてくれはるそうや。よし屋は安泰どす」

と言った。

「そしたら、もう源斎先生の加勢はできまへんね」

「わざわざそんなん言わんかて、わかるやろ」

月江は唇をかんで下を向いたまま顔を上げなかった。

しばらく沈黙が続いた。母が、

「よう考えよし。こんなええ話はなかなかありまへんえ。襟替えの時が来たら、衣装代やお付き合いの費用は掛かるし、どうせ旦那さんを取らなやっていけへんし」

とはっきり言い渡した。月江は黙り込んだ。母は、

「三左衛門様には、もうちょっと考えさせてください、と返事しときますさかいに」

と立ち上がった。

四

薄ら寒い日で時々ぱらぱらと雨が降った。
《北山時雨かなあ》
唐傘の上に落ちる音は寒々としていた。
三左衛門の件は、明らかに母は受けると決め込んでいた。母の言うことには従わなければならなかった。しかし今は小雪のことや筆写のことがあるから動きたくなかった。

三条通りに出ると、合羽を着た旅人や荷物を背負った人がせわしく行きかい、物売りや旅籠屋の呼び込みが賑やかに飛び交っていた。みんなそれぞれ、生きる喜びにあふれているように見えた。

足を引きずるようにして月江は常無寺の山門をくぐっていた。

いつもは子どもたちのはしゃぎ声が響き渡っているが今はひっそりとしている。傘の雨音と草履の音、規則正しい木魚の音、樫の木の葉群のざわめき。去年までは毎日帳面を抱え、浮き浮きと勉強に来たものだった。

月江は直接本堂の裏の南天の陰にある書院の前に立った。

「こんにちは」

返事はなかったが草履があった。昔のように月江は勝手に上がり込んだ。

部屋をそっとのぞくと、伽羅《きゃら》の高雅な香りがした。現夢が炯々《けいけい》とした眼で書のようなものを書いている。

月江は和尚が顔をあげるのを待った。

和尚が家の絵の周りをくるりと円で囲んだ。さらにその周りに鬼らしいものを描いている。

筆を置くと現夢は月江の方に顔を上げた。

「しばらくぶりだな」

現夢は嬉しそうに目を細めた。

「それ、一体何どすの」

現夢は満足げに書を眺めた。

「新築祝いの書を依頼されたから描いたところだった」

「あれあれ、新屋敷が悪鬼に取り巻かれましたら、縁起が悪いのとちゃいますか」

「ほい、しまった」

現夢は再び筆を取ると、その鬼の横にさらさらと一行書き加えた。

「七福神は外に出られず」

思わず月江は吹き出した。

「和尚様のところにうかがいますと、くるりと全部ひっくり返りますやん」

現夢は豪快に笑い出した。

現夢と一緒になって笑っていると、月江の滅入った気分が薄らいでいった。

現夢はいつものように先回りした。

「世の中というのは、次から次へと、いろいろな出来事が起こるものじゃ。いいこと、悪いこと、思いもよらないこと。そうすると人間は出来事に巻き込まれて、喜んだり、悲しんだり、苦しんだり、七転八倒するものだ。月江にも話したことがあったが、白隠《はく いん》禅師は『坐禅和讃』で『衆生本来仏なり』と語られた。盤珪《ばんけい》和尚は梅の香をかいで大悟された人だ。香りは自然と匂ってくるだろう。それと同じだ。『仏の心には悲しみも苦しみもないから、それを止めようとも思わず、取り合うな。そうすれば自然と仏の心に適うことになる』と言われた」

月江は一礼した。

「わかりました。今の出来事を、梅の香りみたいに感謝して受け入れて、自然にやればよろしおすね」

「そうだ、それが無心だ。今お前が笑った時、無心に笑ったじゃろう」

「へえ、こだわったらあきまへんね」

「笑うのはいいことじゃ。煩悩がすっと消える。そもそも他の宗派の坊主はみんな難しい、陰気な顔をしておる。わしらと違って偉いから難しいことを考えておるようだが、中身は屁《へ》のようなことじゃ。だがその中でたった一人、わしが一目置いている上人がいらっしゃる」

月江は目を輝かせて聞きいった。いつも現夢の話はどこに転がっていくかわからない。

「ずっと昔の人だが、融通念仏《ゆうずうねんぶつ》宗の円覚《えんがく》上人というお方じゃ。仏教を布教しようと狂言を考案された。この出不精のわしがわざわざ壬生寺まで見物に行ったほどだからなあ。いやはや、おもしろいのなんの、笑い転げてしもうた。もちろん、わしばかりじゃない、無言の狂言だから、耳の聞こえない者まで大笑いしておった。みんな悩みの吹っ飛んだような明るい顔で帰って行った。難しいお説教を長々と聞かされるより、狂言で笑った方がずっと救いになる。笑うと全てが洗い清められて軽くなる」

「そうどすね。今、和尚さんに笑わせてもろただけで、何や肩がすっとなりました。不思議やわあ」

「悩みは黒い雲のように周りをめぐっている。ほんの目の前を覆ってしまうから、何もかもが陰気な暗がりに見える。じゃが、黒い雲はお前の身体にくっついている訳ではない。ただ、風に吹かれてお前のところにやって来ただけじゃ。次にまた笑いの風が吹いたら、いずこへか去ってしまう。当たり前じゃ。もともとそこには空しかない」

月江は来る時とはがらりと変わって、すがすがしい気分だった。

常無寺を出る時、雨は上がり、雲が切れて日がさしていた。

「うちはよし屋の娘や。うちには七福神がついていてくれたはるんや」

月江は覚悟を決めた。

第九章　父と娘

一

幣次と彩乃を前にして源斎は話し始めた。

「お忙しいところ無理に面会を申し込みまして誠にすみません。先日、お内儀様にはお伝えしましたが、小雪殿の容態は快方に向かっております。薬が効いて気分も穏やかになられ、最近はいつもお琴を弾いておられます。そろそろ座敷牢から出されても大丈夫かと存じます。是非とも、一度お琴を聴いていただいてご判断下さい」

源斎は交互に二人の顔を見やった。

「話はできるようになったのでございましょうか」

彩乃が訊ねた。

「まだでございます。しかし身の回りも整えられ、奇嬌な振る舞いもございません」

「お話ができないとは……私はここにまいりましてから、何年も苦労させられてまいりました。とても外に出られるような状態ではないと思うのですが」

源斎は動じなかった。

「小雪様と会われましたか」

「いえ、直接は会っておりません。されど、いつも梅やら、係の女中たちから様子は聞いております。相変わらずみんな恐ろしがっております」

幣次は二人の話を聞くばかりで、一語も発する気配はなかった。

「そうですか」

源斎はあっさり引き下がった。

しばらく間をおくと、源斎は幣次に話しかけた。

「お琴をお聞きになってみたらいかがですか。お忙しいと思いますが、ほんのちょっとお顔を出されてみては……私がついて参りましょうか」

「先生がそこまでおっしゃるのでしたら、様子を見に行ってみましょう」

彩乃は顔をこわばらせたまま、唇を噛んで目をそらした。

「それでは、思い立ったが吉日。すぐ参りましょう」

そう言って源斎は立ち上がった。

月江が座敷牢の扉を開けて待ち受けていた。小雪はいつものように琴を弾いていた。

幣次は立ちすくんだまま目を丸くして琴の調べを聴き、驚いた顔つきで、

「小雪や。具合はどうだ」

とかすれた声で呼びかけた。

小雪は父親に気づいているのかいないのか、顔も上げずに琴を弾き続けている。幣次は口を固く閉じ目を見開いて小雪を凝視していた。

「四季の曲」がしのび泣くように流れた。

突然、幣次が真っ青になって全身をこわばらせた。

しばらく彫像のように立ちすくんでいた。と、いきなり何も言わずにくるりと踵《きびす》を返すと、速足で座敷牢を出て行ってしまった。源斎はただあっけにとられて後姿を見送った。

はっと気がついて幣次の後を追っていこうとした瞬間、小雪の琴が止んだ。小雪を向くと宙の一点を見つめたまま動かない。源斎は異様な気配を感じた。

小雪の身体がいきなり琴の上に覆いかぶさった。弦が不気味に鳴り響いた。源斎は慌てて小雪の横にかがみこんだ。

「小雪殿」

抱き起こして横たえた。源斎が脈を取ると、小雪は微《かす》かにうなってうっすらと目を開いた。だが再び目を閉じるとそのまま眠りに落ちた。

源斎は脈を取って様子をうかがった。

「大丈夫だ」

そう言うと、月江に向かって「後は任せる」と言い、急ぎ幣次を追った。

二

荻野屋から帰ると、人のいない診察室に閉じこもってぼんやりと医書を眺めた。

玄関の開く音がして、やがて月江が入ってきた。

源斎は顔も上げなかった。

「先生、小雪様のことでございます」

月江がよびかけても源斎は応えなかった。

「あれは先生ががっかりなさるほど深刻なことやありまへん」

源斎は不快になった。

「どうしてだ？」

「先生がお帰りになってから、ずっと小雪様の横についておりました。一刻《いっこく》（約三十分）くらいでお目覚めになりました。沈んだはりましたけど、すぐにすがすがしいお顔にならはりました」

源斎はのろのろと頭を上げると、

「どういうことだ？」

と訊ねた。

「お父様が現れはって、緊張しすぎて気を失わはったんどす」

「せっかく具合のいいところを親父《おやじ》に見てもらって、座敷牢から出してもらおうと思ったが、あんな風ではとても無理だ」

「お父様は何と言うたはったんどす」

「いや、部屋に戻ったら姿はなかった」

「そうどすか、彩乃様はどないどした」

彩乃の嘲笑を抑えた表情が浮かぶと、鋭い痛みが全身を貫いた。

「うーん、わしの面目は丸つぶれだった。とても出せなんて言いきれん」

月江は話そうとしたが、急に口をつぐんだ。

「どうしたんだ」

源斎は本を閉じるとあらためて月江を見た。

「幣次様が座敷牢に見えた時のことどす。小雪様は琴を弾きながら、やはり一言も話されませんでした。あの時、うちじっとお琴を聴いていたんどす。お琴は、上手な人が弾きますと心がこもりますやろ。小雪様はきっと心の内を琴で語られたんどす。父と娘です。小雪様の心はじかに幣次様に伝わったんどす。せやすさかい幣次様はいきなり出て行かれたのと違いますか」

「てっきり、わしは悲観して出て行ったのだと思ったが……」

月江は首を横に振った。

「うち、幣次様をじっと見ていたんどす。幣次様は最初何も言わはりませんでした。けど、途中で顔をそらさはりました。その時、目に涙があふれてました。小雪様と気持ちが十分通じおうたんどす」

「うーん、そうだったのか……つい小雪の方ばかりに気を取られていたが、千慮の一失だったな」

「幣次様は自分から、彩乃様に座敷牢から出すようにおっしゃることはできはらへんでしょう。おそらく、彩乃様には何も言うことができひんのどすやろ。小雪様かてお母様の罪を背負っておいでなんとちゃいますやろか」

「そういうことだったのか」

源斎は額を平手でたたいた。

「だとすると、幣次は小雪と彩乃の間に挟まって苦しんでいる。本心は小雪を出したくて仕方がないのだ。だが、彩乃があんなに強硬に反対している。彩乃を取るか、小雪を取るかだ。それはそれで困ったことだ」

源斎は頭を抱えた。

三

相変わらず忙しい日が続いた。その日、診察は終わったが源斎は気分が浮かなかった。お清に晩飯を断ってぶらりと家を出た。

三条通りに出るとずらりと並んだ旅籠屋には大きな提灯に火が灯って、女中や番頭たちが旅人を呼び込む声が飛び交っていた。源斎は月江と一緒に山科を訪れた日のことを思い出した。

《すべてを投げ出して江戸にでも逃げ出したいものだ。誘えば月江もついて来るだろう。江戸の長屋で月江と所帯を持つのもいいな》

そんな益もないことを考えた。

赤い提灯で照らされた賑やかな通りをふらふらと歩き、足は縄手通りの方に向かった。

源斎はよし屋の玄関の引き戸を開けた。喜久江がいつものように笑みをたたえて粋な着物姿で現れた。

「おいでやす。先生お久しぶり。さ、さ、どうぞ」

源斎は座敷に座ると、床の間のおみなえしの一輪挿しをぼんやり眺めた。

酌をしながら喜久江が源斎の顔をのぞき込んだ。

「ちょっとお痩せにならはったんちゃいますか」

「うん、どうも気分がよくない」

「どんなことでも、大げさに考えたらあきまへん。たいていのことは、後になったら、うまいこと行っているもんどっせ」

「そうかなあ」

源斎は気の失せた声で答えた。

「うちも、お呼ばれしまひょ」

その一言に源斎は眉間に皺を寄せた。

「何ぞおましたんどすか」

喜久江がいぶかしげな眼差しを向けてきた。

「世の中には、変わった女がいるものだ」

「あれあれ、どないなお人どす」

源斎は口を閉ざしたままだった。

「うちにも言えへんような方ですの。ほな、初めから言わはらんかったら、よろしおすやん」

喜久江のまぶたがぴくりと動いた。源斎はしぶしぶ口を開いた。

「すごい美人だ」

「まあ、まあ、それは」

「冷たい女でな。もとはそんな女じゃなかったはずだ。情のひとかけらもなくなってしまった。雪女が美しいという話を聞いたことがあるか。心が冷たいと美しくなるのだろうか」

「好きになってしまわはったんどすね」

「いや、そういう話じゃない。むしろ仇同士だ。わしを憎んでいる。あの女のひと言、ひと言が突き刺さる」

源斎は立ち上がって窓の障子を乱暴に開けた。冷たい風が頬を撫でた。薄い雲のかかった半月が見えた。

「ああ、わかった。荻野屋のお内儀さんどすね」

喜久江も源斎の横に立った。雲が切れ月の輝きが強くなった。

「えらい別嬪さんで、気が強うて、旦那さんも言いなりになってはるという噂を聞いたことがありますわ」

源斎は返事もしないで座った。喜久江が焼酎を注いだ。

「患者さんのお母さんどすやろ」

「うむ、娘を狐憑きだと信じ込んでおる。その上に今までの恨みつらみが重なって、前の内儀に仕返ししようとしているのだ。なお悪いことに、医者よりも西海何とかというインチキ坊主を崇拝している」

源斎はつい口を滑らせた。後悔したが後の祭りだった。

「たいがい狐憑きのことはお医者さんより、坊さんの法力の方を信じてますえ」

「そうか。とすると、ことさらにわしを憎んでいるわけじゃないのか」

「そういうことどす」

「世の中というのは難しい」

源斎は目を閉じて考え込んだ。

喜久江と酒を酌み交わしていると、源斎は次第に気分が安らいだ。

「月江はどうした」

「へえ、今夜はお花がかかって、井筒屋さんに呼ばれております」

「なかなか人気が高いようだな」

「おかげさんで。帰りが遅うなることもおますけど、朝はどんなに遅くとも、明け六つには起き出して、先生のところに出かけて行くようどす。うちは、よう起きしまへんけど」

「お前もいい跡継ぎをもった」

「先生、お出でやす」

突然襖《ふすま》があいてひょっこり月江が顔を出した。療治所で会う月江と同じ女とは思われなかった。白塗りをした舞妓姿がすっかり様になっていた。喜久江が、

「早《はよ》おした」

と月江を見た。月江は母に一礼し、

「へえ、三左衛門様は急なご用向きができたとかで、すぐ帰らはりましたんどす」

と返事すると源斎の横にすり寄って酌をした。

「三左衛門と言うと、あの新町の古葉呉服店の旦那か」

「へえ、そうどす」

月江はさらりと答えた。しかし源斎は白塗りの奥に微かに走った動揺を見逃さなかった。喜久江に向かって、

「わしらも年取ったなあ。月江もいい人ができるだろう」

と言った。喜久江も、

「へえ、もう月江の時代どす。けど、男の人はよろしおすな。年とっても若い娘《こ》と対等に付き合えますさかい」

「何を馬鹿な。お前はまだ若い、まだゆうに二十年は女将で頑張れる」

喜久江は袂を口に当てて笑った。

月江の酌に、源斎の酒は進んだ。

「お前の娘だけあって、人情の機微をよく心得ておる。月江のおかげで、世間のことや微妙な人の心がわかってきた」

喜久江が笑い出した。

「自分では、人情を心得てると思てはったんでしょ。ほんに始末におえまへんわ。何も知らはらん。世の中は理屈とちごて、情で成り立ってるんどす。月江は質素に育って、小さい頃からお客さんとか、芸妓はん、舞妓はんを見てまっさかい、結構世の裏側も人情の機微も心得てるんどす」

「確かにそうだ。これまでわしは医学の勉強ばかりやってきた。それでいて、人情がわかっていると思い込んでおった。とんだ間違いだった」

「あたり前どっしゃろ。源斎はんもちいっとばかし目が覚めはったみたいどすな」

喜久江はあきれ顔で言った。

源斎はふっと月江を向いた。

「こんなところで仕事の話で済まんが……」

「おかわりをお持ちしまひょね」

さりげなく喜久江が席を立った。

「薬も飲むし、身の回りも整えられるし、琴も上手になった。座敷牢を出ても十分に生活できるのだが……さあ、どうやって座敷牢から出せるかなあ」

月江も浮かない口ぶりで答えた。

「へえ、あんな暗いところで暮らしてたら、だんだん世の中から遠ざかってしまわはるやろし。もしかして座敷牢で朽ち果てていけたら本望やとでも思たはるんかもしれまへん」

「幣次がもっと父親らしくしてくれたらいいのだが……あれからさっぱり連絡もない」

二人とも黙り込んだ。

源斎が月江の盃に酒を注いだ。

月江がいきなり顔をあげた。

「今思いついたんどすけど、先生はお医者様どす。先生のご命令で小雪様をほんのしばらくでもお外に出されるように持っていかはったら、ええのんとちゃいますか。もしかしたら気持ちもほぐれて、言葉も戻ってくるかもしれまへん」

「そうか。確かにそれがきっかけで話すようになるかもしれん。言葉さえ戻れば彩乃も文句のつけようがないはずだ」

源斎は腕を組んだ。

「お昼間ほんの半日ほどでええのんとちゃいますか。先生から申し渡されたらよろしおす。先生に逆らう病人も家族もおりまへん」

源斎は月江の勢いに押されてうなずいた。

「となると、どこに連れて行ったらいいかな」

「壬生狂言がお好きやったそうどす。狂言を見て楽しいに笑えはったら、気分もすっきりしやはるんやあらしまへんか」

「よし分かった。親父にそう言おう」

「先生のおっしゃることやったら、彩乃様も文句はいえしまへん。もちろん旦那様も異存はないでしょう。小雪様のことは全部、先生に責任がおますにゃし、別にけったいな、筋違いのことやあらしません。もっと偉そうにしておくれやす」

源斎は首を横に振った。

「だがなあ、わしはこれまで、医者は謙虚であるべきだという信条を持ってやってきた。威張り腐った口のきき方をしたことは一度もない。そんな医者だけにはなりたくない」

「けど、場合によっては、医者の権威を使う必要があんのとちゃいますか」

月江は源斎に酒を注ぎながら続けた。

「すいまへん、生意気な口をきいて。幣次様は自分でも、どうしてええのかわからんようになったはるんどす」

源斎はつくづく月江の顔を見て盃を飲み干した。

喜久江が焼酎とおつまみを持って戻って来た。源斎が不意に月江に命じた。

「月江、舞をやれ。この前みたいにへたくそな舞をすると承知せんぞ」

「へえ」

月江は嬉しそうに一礼すると立ち上がった。

喜久江の三味線と歌で月江は「四季の曲」を舞った。だらりの帯で月江が舞うと、秋の夜の哀感が切実に迫ってきた。

源斎はつくづく時の流れの速さを感じた。春に小雪の治療を始めて、いつの間にかもう秋も深まっている。

「上達したなあ。忙しいのによう稽古した」

源斎がつぶやいた。

月江がにっこりと笑った。

翌々日源斎は荻野屋に足を運んで大番頭を呼び出した。

「急なことだが、幣次殿にお会いしたい」

「旦那様はお仕事が忙しくて、とてもお会いできません」

伊佐吉が応じたが、源斎は頭ごなしに言った。

「いや、大事な用事だ。わしの言うことを聞けんのか」

大番頭は剣幕に押されて引っ込んだ。店はごった返していて幣次が忙しいというのは嘘ではないだろう。

しばらくすると前掛けをした幣次が大きな算盤《そろばん》を持って現れた。

「お待たせいたしました。何か急ぎのご用でしょうか」

源斎は幣次をにらみつけると、

「お忙しいようだから、手短に申し上げる。明日、小雪さんを外出させる。半日ほど、壬生寺までお連れしたい。たまたま開かれている秋の壬生狂言をお見せする。出かける前に着物やら外出の準備をさせていただく。ご了承いただきたい」

と申し渡した。幣次は気圧《けお》されたように、

「先生にお任せいたします。奥の者にお申し付け下さい」

そう言って頭を下げた。

第十章　桶取《おけとり》

一

「お内儀様はいらっしゃいますか」

女中頭のお玉は月江の後ろに立っている源斎に目を向けると、こわばった顔で、

「お出かけでございます」

と答えた。

「今日はお屋敷にいらっしゃるということでございましたけど」

月江が言うと、お玉は何も答えなかった。月江は源斎を向いた。

「どうしましょうか」

源斎は少しも慌てず、

「すでに幣次殿にも申し上げ、了解は得てある。予定通りに粛々と進めさせていただこう」

そう言うと、お玉の制止にもかかわらずずかずかと家に上がり込んだ。

月江もお玉をまっすぐ見て源斎に続いた。

「お聞き及びと存じますが、これから小雪様は外出しゃはります。おべべのお着替え

の用意をさせていただきます」

お玉が月江を遮った。

「それは困ります。お内儀様のお許しをいただかないと……」

源斎がにらみつけた。お玉はしぶしぶといった態度で先に立って歩き出した。

小雪の部屋は、窓のない北側にあった。中に入ると鏡台と簞笥と長持ちがあるだけの殺風景な部屋だった。

月江は簞笥を開けた。思わず目を丸くした。予想に反して着物は数枚あるだけだった。見上げると源斎も難しい顔をしている。

「仰山あることや、と思てましたのに、けったいなこと」

と月江は呟いた。

前のお内儀様はいっぱい着物をあつらえたというが、一体どこに消えたのだろう。わずかに残った着物から、月江は秋にふさわしい柄のものを一着選んだ。帯もまた少なかった。小雪の母が六兵衛から買ったという高価な帯留めなども見当たらず、ありきたりな安物しか残っていなかった。化粧道具入れも空っぽに近かったが、とりあえずは帯留めと紅葉の簪、外出に必要なだけの小物を一通り揃えた。

月江はそれを抱えて源斎とともに座敷牢に向かった。

小雪は綺麗に顔や体を拭いて正座して待っていた。特に言葉には出さないが、明らかに外出を楽しみにしている気配だった。

月江が着物を抱えて入ると、小雪が一礼した。

「これから月江と一緒に壬生寺にお参りに行くんだよ。壬生狂言を観てきなさい。大人しくしているんだよ」

源斎が一語一語区切るように言うと、小雪はこっくりとうなずいた。

「よろしい。わしは仕事があるので失礼する。後は頼んだぞ、月江」

源斎は言い置いて座敷牢から出て行った。

小雪は月江の持って来た着物や帯に不満は言わなかった。

月江は付ききりで化粧を手伝った。最後に小雪が自分の薬指で口紅を薄く引いた。

着付けが仕上がると、月江は思わずと嘆声をあげた。

「やあ、小雪様きれいやわあ」

それまでの粗末な着物姿に比べて、小雪はまるで別人のようになっていた。真っ白な肌に、神秘的な眼差し……もちろん月江は狐憑きなど信じていなかったが、小雪は浮世離れしたような妖艶な雰囲気に包まれていた。

「できあがりましたえ」

月江は、簪を仕上げにさしてやった。

「さ、参りましょ」

月江は小雪の手を取って座敷牢を出た。

一年以上も座敷牢にいたのだ。小雪はおぼつかない足取りで歩きだした。

月江が倒れないように支えた。小雪はかわいそうなほど緊張し、真っすぐ前を向いたままようやく歩を進めている状態だった。

玄関を出ると駕籠が待機していた。その周りをお玉をはじめ大勢が囲んでいた。みんなの見守る中を小雪が駕籠に乗り込むのを手伝った。

駕籠が上がると、月江は何気なく後ろを振り向いた。暖簾の間に忠助の姿が見えた。まっすぐこちらを見ている。月江は軽く一礼した。忠助の顔がくしゃくしゃにゆがんだ。

月江の後ろにはお玉や三人の女中が従った。駕籠は室町から四条通りに出て壬生寺に向かった。

壬生延命地蔵尊の山門の前で駕籠は止まった。月江は手を差し出して、小雪が駕籠を降りるのを手伝った。

「大丈夫どすか」

ふらついた小雪の腰を月江が支えた。

小雪はしばらく目を閉じたまま月江に身を預けていた。やがて目をこすってまぶしそうに瞬きした。秋晴れの空から明るい光が降り注いでいた。周りの人々は、抜けるように白い肌の浮世離れした娘が、おつきを従えて戸惑ったように立っている姿を好奇の目で眺めていた。

月江は小雪に寄り添ってずらりと並んだ店屋の前を通り、真正面の壬生寺の本堂に向かった。後ろにはお玉の一団が続いた。本堂のなだらかな大屋根に白鷺《しらさぎ》が一羽とまっていた。

境内は壬生狂言を見物に集まった人々で込みあって、進むのもやっとだった。すでに大念仏堂の前に舞台がしつらえられ大勢の人が群がっていた。

二人は本堂の正面まで来ると長い列の後ろに並んだ。

階段の上り口に立った時、小雪は真っ青になっていた。汗ばんだ手を月江は握りしめた。

「長い間、狭いところにおられましたから……けど、じきにお慣れになります。たった四段どすさかい。地蔵菩薩がよくぞ来てくれた、とお喜びでございますよ」

ようやく賽銭箱の前に立った。月江は後ろのお玉からお金を受け取った。小雪がそれをお賽銭箱に入れた。そしてじっと手を合わせた。

お参りがすむと二人は壬生狂言が演じられる大念仏堂へ向かった。壬生狂言は正安二年（一三〇〇年）に、壬生寺の中興の祖、円覚十万上人導御《どうぎょ》が、一般大衆に最もわかりやすい方法で仏の教えを説くために始めた無言劇で、三十番以上の演目がある。すでに女中が桟敷を取っていた。

小雪をはさんで月江とお玉が座った。お玉は時おり小雪を盗み見ていたが、小雪が静かにしていることに驚きを隠せずにいるようだった。

舞台奥に笛と太鼓と鉦が横一列に並んだ。

「かんでんかんでん、かかかん、かかかん、かんでんでん」

金鼓が鳴り響いた。最初の出し物「炮烙割《ほうらくわ》り」が始まった。

筋立てはこうだ。役人が「一番に店を出した者には税金を一切免除する」という立札を立てる。すると太鼓売りが一番に着く。だが誰もいなかったので、一眠りしてしまう。そこに炮烙売りが来て太鼓と炮烙をすり替えてしまう。

炮烙売りが舞台の手すりに沢山の炮烙を並べて開店の準備をしていると、物陰から太鼓売りが現れる。太鼓売りは烈火のごとく怒って、炮烙をかたっぱしから舞台の下に突き落として行く。

「がしゃっ、がしゃっ」

大きな音をたてて炮烙が割れて行く。

派手な破壊ぶりに見物人が沸いた。日頃のうっぷんが、砕け散る炮烙とともに吹っ飛んで行くかのようだった。

小雪をうかがうと口元に微かな笑みが浮かんでいた。小雪の悩みも炮烙のように砕かれますようにと月江は祈った。

続いて「桶取《おけとり》」が始まる。これは壬生狂言の中でも「炮烙割り」とならんで有名なもので、円覚上人の作と言われている。

浅葱《あさぎ》色の着物を着た娘が笠を持ってしずしずと現れる。数珠を持ち、桶に水を汲んで高く差し上げる。娘は「照子」という壬生寺の近くに住む白拍子である。生まれながらにして左手の指が三本しかなかったので、来世こそは五本の指を授けたまえと、毎日壬生寺の閼迦《あか》池の水を小桶に汲んで本尊、地蔵菩薩に参詣している。

太鼓と笛と鉦が浮き浮きするような響きを立てる。それに合わせて壬生寺の近くに住む金持ちの大尽がひょこり、ひょこりと現れる。大念仏と書いた布をかぶり、右手に扇子、左手に傘を持っている。大尽が照子の美しさに心を奪われる。

その仕草が滑稽で大きな笑いが上がった。

照子が手を振ってお出でお出でをすると、大尽はいかにも女たらしの格好で近寄っていく。しかし大尽が近づいたところで、照子は小桶で大尽の頭をたたく。それでも大尽はこりないで、さらに照子への想いを募らせる。

大尽が追いかける。照子はたくみにすり抜ける。大尽はしつこくまとわりついて、布を贈り照子の首に掛ける。照子は小桶を高く掲げて逃げていく。大尽は布の端を自分の首にかけ、片手で布の端を握り、片手で開いた扇子を振りながらつきまとう。観客は大笑いした。

とうとう大尽の口説きに負けて照子は指切りする。照子が大尽の羽織を脱がせ、大尽の後ろに立って手を握り、二人が一緒に手を振る。笛と太鼓が軽やかに高まっていく。観客は二人の踊りを固唾を呑んで見守る。小雪も身動《みじろ》ぎもしない。

最高潮に達した時に大尽の女房が現れた。女房の顔はおかめである。照子は女房に手を合わせて詫びるが女房は許さない。ついに照子と女房は大尽を取り合って手を左右から引っ張り合う。

この場面は、さながら幣次を取り合う小雪の実母と彩乃の姿のようだった。小雪がうつむいて目を閉じた。

ついに照子は逃げ去った。残された大尽に向かって臨月に近い女房が切々と訴える。しかし大尽は照子を追いかけて行ってしまう。残された女房の嘆きは哀れだった。

拍手喝さいのうちに舞台は終わった。観客には笑顔が漂っているが、小雪はじっと顔を伏せたまま深刻な様子だった。

最後は「紅葉狩り」である。

平惟茂《たいらのこれもち》が紅葉狩りに行くと、美女が現れて酒を飲まされる。ところがそれは毒酒で、美女は鬼であった。惟茂は眠りに落ちる。その夢枕に地蔵尊が現れて、太刀を授ける。

地蔵尊が現れたところで、小雪ははっとしたように姿勢を正した。何かを感じ取ったようだ。

終盤、危ういところで、惟茂がその刀で鬼を退治して物語が終わった。

「地蔵菩薩が救ってくれはったんどすね」

そう月江が語りかけると、小雪は嬉しそうにうなずいた。

帰り道も小雪は月江に身を寄せた。参道には飴屋、団子屋、おもちゃ屋などの露店がずらりと並んで、子どもたちが群がっていた。

小雪はあぶり餅屋の前でふと足を止めた。ねじり鉢巻きをした男が餅を刺した串を何本も束にして、慣れた手つきで炭火であぶっていた。その様子を小雪がじっと見つめる。味噌の焼ける香ばしいにおいが漂っている。

「味見してみはりますか」

月江が訊ねると、小雪は幼い子どものようにこっくりうなずいた。

「ほんまはうちも、食べとおすねん」

月江が言うと、小雪の口元に笑みが浮かんだ。

月江は自分でお金を出してあぶり餅を二本買った。二人は熱い餅を頬張りながら並んで歩き始めた。

後ろからお玉がたまりかねた様子で、

「はしたないから、おやめください」

と声をかけてきたが、月江は知らぬ顔でやり過ごした。

二

小雪を荻野屋に送り届けると、月江はすぐ療治所に駆けつけた。一刻も早く源斎にその日の結果を告げたかった。往診に出かけているという源斎を玄関のところで待っていると、八重とともに戻ってきた。

「先生、あんじょう行きましたえ」

月江が報告すると源斎の顔がぱっと明るくなった。

「そうか。それはよかった。取り乱したりしなかったか」

「へえ、大人しゅうしてはりました。相変わらず何もしゃべらはりませんでしたけど」

「壬生狂言が刺激になって、言葉が出るかと思ったが、そうはならんかったな」

「けど、うちが話しかけるとうなずかれたり、ちらりと笑顔がでたりしました。もうちょっというところどす。ただ……」

月江が言葉を重くした。

「心配したことはありましたけど」

「何を」

「『桶取り』で、旦那が女房から逃げ出して、若い女のところに走った話です。女房が悲しんでいる様が小雪様には辛かったんちゃうやろかと……」

「そうか、だが、取り乱したわけじゃないんだろう」

「へえ」

源斎はもみあげを撫でた。

「逆にそれを見て、似たような話はよくあるとわかったかもしれんな」

「へえ、確かに。自分のことを鏡に映すみたいに見つめはったかもしれまへん」

「もつれていた糸が少しはほぐれたらいいのだが」

「座敷牢があまりにもひどいことに気がつかはったみたいどした。一度外に出てみはったらすぐわかりますさかい。まさか、また悪うなられることもありますのやろか」

「いや、大丈夫だろう。だが、こうなったら座敷牢から急いで出すように持って行かんといかん。はてさて、どうするか」

月江は進言した。

「次は高台寺まで紅葉狩りはどうどすか。あんまり間をあけへん方がええと思います」

「しかしあまり続け様だと、幣次殿がどう言うか」

「明日にでも今日の結果を報告していただいて、また命令してみはったらどうどす」

「そうだな、幣次殿のところに行ってみるか」

「偉そうに指図しておくれやす。必ずお許しにならはるはずどす」

月江は続けた。

「紅葉狩りには、先生もついて来てくださいませ」

「わしが？　なぜ行かなきゃならんのか」

源斎が怪訝な顔で訊ねた。

だが月江は何も答えなかった。

第十一章　紅葉狩り

一

月江を従えて座敷牢の前に立つと、小雪は姿勢を正して琴を弾いていた。

源斎は月江を振り向いて、

「これは何の曲だ」

と訊ねた。

「八段どす」

「そうか、優雅なものだな」

座敷牢の扉を開けると琴の音が止んだ。

小雪は両手をついてきちんと源斎を迎えた。相変わらず口はきかなかったが、顔を上げると、目元が柔らかくなり愛らしい眼差しになっている。

「一度外出しただけで、随分様子がよくなったな」

源斎が微笑むと、小雪はそれに答えるように軽く頭を下げた。

脈診しようとすると小雪は察したように手を差し出した。

診察がひと通り終わると源斎は、

「異常はない。後は言葉だけだ。喉元まで出かかっているようだが、もう一つというところだな」

と言った。

小雪は赤くなって顔を伏せた。

源斎は座敷牢を出た。その足で店先に行くと伊佐吉を摑まえた。

「至急の用事だ、幣次殿にお目にかかりたい」

「旦那様は手が離せないのでございますが……」

一瞬、伊佐吉は言いかけたが、

「わかりました」

と急ぎ足で店奥へ引っ込んだ。

そそくさと幣次が現れた。

「何か、ご用でございましょうか」

そう言って上目遣いで源斎を見た。

「小雪殿のことだ。先日、壬生狂言に連れ出してみたが、随分よくなっている。今度は、高台寺まで紅葉を見に連れて行くことにしたのでお伝えしておこうと思ってな」

そう言うと、幣次は勢いに押されたように後ずさりをした。

「先生にお任せしてございます。どこでもよしなに」

空が真っ青に晴れ渡っていた。

月江に言われた通りに、源斎は小雪の紅葉狩りに付き添うことにした。源斎は前もってお玉の付き添いを月江に断らせた。

小雪と源斎が駕籠に乗り、たちかけ姿の月江が徒歩で二人に従った。

駕籠は四条通りから祇園社の脇道を上り圓徳院の山門前にたどり着いた。向かい側には高台寺へ続く台所坂があった。

細道の両側に樹木が茂り、紅葉が目に沁みるように鮮やかだった。坂の上には可愛らしい山門がそびえていた。

小雪は白地花束に扇模様の振袖に淡金糸の帯を締め、紅葉狩りにふさわしい装いだった。これも月江の選んだものだった。肌の色は病的に白く、頬と唇の紅が映えて人形のようだった。繊細な姿に紅葉がよく合った。

周りの人々の目は小雪に注がれた。

《むざむざとこの若さで座敷牢に閉じ込めておくなどとは……》

源斎はいたいけな姿に胸が締めつけられた。

二人は小雪を支えながら、ゆっくりと階段を登った。鐘楼の下まで来ると、小雪は息があがり足が出なくなった。

「わしも疲れた、ちょっと一休みしようか」

源斎が立ち止まり汗をぬぐった。月江が小雪の額の汗を押さえてやった。

ようやく山門にたどり着いたところで、小雪は真っ青になって歩けなくなった。

「無理もない。長い間、こんな坂なんて登ったことがなかったからなあ。ここは誰だって苦しい」

源斎が慰めた。

山門の右手に、赤い野点傘を立てた茶屋があった。

源斎が緋毛氈を敷いた台に腰かけると二人も続いた。

「何か食べられそうかな」

源斎が訊ねた。小雪はためらいながらわらび餅を指さした。

「ほう、うまそうだ、わしもいただこうか」

八坂の塔を手前にして、眼下には京の町が広がっている。

「ええ眺めどすなあ」

月江がわらび餅を口に入れながら言う。小雪も黒文字を置いて景色に見とれている様子だ。その時小雪の口元が緩んで何か言いたげに動いた。

しかしすぐに言葉は出てこなかった。

勅使門《ちょくしもん》を入ると、白砂を敷き詰めた方丈の前庭——波心庭《はしんてい》が眼前に広がった。禅寺独特の冴《さ》え冴えとした厳しさがみなぎっている。

白砂で描かれた紋様や立砂に見とれた小雪に月江が寄り添った。

「ご存じや思いますけど、慶長三年（一五九八年）に秀吉さんが死去しゃはりました。奥方のねねさんは、慶長八年に『高台院』の号を後陽成天皇より勅賜されはりました。ねねさんは秀吉さんを弔うために寺院建立を計画しました。家康はすでに天下を取っていましたけど、その計画を聞いて協力したそうです。家康って懐が深いですね。見方を変えたら、それだけねねさんに人徳があったんどっしゃろ」

方丈を出て中門の前に立った。

真正面に小ぶりな開山堂があった。その右側には臥龍池があり、周辺の紅葉は紅く色づき炎が燃え上がっているようだった。

「まあ、きれい」

月江が感嘆すると、小雪もうなずいた。開山堂の白い壁までが薄紅色に染まっているようだ。

お堂の入り口をくぐると極彩色の華麗な格子天井が目に入った。

そこには、「太閤秀吉御座舟《ござふね》天井」と秋草を描いたねねの「北政所御所車《ごしょぐるま》天井」が使われており、さらに奥には狩野山楽《かのうさんらく》の筆になるという円形の「龍図」が描かれていた。堂の一番奥には高台寺開山の三江紹益《さんこうしょうえき》禅師の座像が鎮座していた。

月江が小雪の耳元でささやいた。

「何や、秀吉さんとねねさんの御霊が漂っているみたいどすね。うち、勇気が湧いてくるみたいな気がします」

小雪は周りを夢見るように見回している。二人は霊気を浴びるかのようにじっと動かなかった。

「霊屋《おたまや》にお参りするかね。ずっと上の方だが」

源斎が小雪に訊ねた。小雪は力強くうなずいた。

急な階段を月江に寄り添われながら小雪は登った。足取りは次第に安定していくようだった。

霊屋は宝形造《ほうぎょうづくり》の檜皮葺《ひわだぶき》、内部には本尊の大随求菩薩像を中心として、左右に秀吉とねねの像が安置してあった。その下にはねねの眠る棺があるという。

月江が小雪に語りかけるように言う。

「秀吉さんとねねさんは、好きおうて夫婦にならはったんどすえ。当時、まだ足軽、ねねさんは士分の家の出で身分違いでした。けど、お輿入れすることを承諾しました。ねねさんは、若い秀吉さんの中に何か、稀有《けう》なものを感じたのでしょうね。秀吉さんは二百近くの合戦をして、最後は太政大臣まで上り詰めました。その裏には、ねねさんの支えがあったのでしょう。ねねさんは従一位という女として最高の位にならはりましたが、威張ったところなどなくて、御所言葉など使わらへんかったんどすて。秀吉さんとは終生尾張弁《おわりべん》で話してはったらしおす」

月江は大随求菩薩坐像を指さした。

菩薩像は小さく、八本の手があり、着衣には金銀の截金《きりがね》模様が施され、蓮華座の部分だけが鮮やかな赤に着色されていた。

「苦厄を除き悪を消し、戦乱や嵐を鎮め、子授けまで大きな功徳があるということです。秀吉さんは終生、肌身離さず持ち歩いたはったそうどす。戦場《いくさば》に行く時もお守りにしてはったらしおす。秀吉さんが天下まで取らはったんやさかい、どんな願い事でもかなえてくれはりますのんやろねえ」

小雪は大きく目を見開いて菩薩像を凝視した。

下り道は竹林の方へ向かっていた。竹の梢《こずえ》が天を斜めに払い、隙間から明るい光がこぼれている。小雪はゆっくりではあったが独力であるいてゆく。

ようやく坂から平地にたどり着いた時だった。

「お嬢様」

通り過ぎた竹林から男の声がした。源斎ははっとして声の方を向いた。

竹林の奥から男が一人駆け寄って来た。縦縞の羽織姿だった。

男は羽織の裾を払うといきなり小雪の前に正座した。

「忠助でございます。失礼をお許しくださいませ。覚えていらっしゃいますか」

小雪を見上げ、振り絞るように言った。源斎は呆気に取られて、ただ見つめるばかりだった。

小雪がおもむろに左手を差し出した。

忠助はその手を包むように握ると拝むように額に押し付け、

「ありがとうございます」

と嗚咽し始めた。忠助の泣き声が竹林にそよぐ秋風の音に重なった。

小雪はうなだれている忠助の姿を見下ろしていた。これまでのおどおどした仕草が一変している。

小雪の唇がかすかに動いた。

「ちゅ」という微かな空気の漏れるような音がした。

源斎は一瞬身を震わせた。耳をそばだてて小雪の顔を見つめた。

小雪の唇がすぼまった。

しばらくして「う」という小さな音が漏れた。

「す…け…」

まるで息が切れたかのような苦し気な響きだった。源斎には木霊のように何重にも尾を引くように感じられた。源斎は夢を見ているのではないかと疑った。

忠助がすぐ「はい」と返事をした。

《小雪がしゃべった》

すぐに月江の方を見やったが、月江はすました顔で特に動じた風ではなかった。

《なるほど、これは月江が仕組んだのか》

忠助が感極まったように口にした。

「ああ、夢のようでございます。ずっとお嬢様のご病気を案じておりました」

小雪ははっきりと、

「お立ち」

と言った。今度は凜《りん》として張りのある声だった。

膝をついたままでいる忠助を、小雪は右手を添えて立ち上がらせた。

源斎が横から声をかけた。

「あちらで話したらいかがかな」

小雪が静かに一礼した。

平坦《へいたん》な小道を四人で進む。臥龍池とは反対側に参拝者に抹茶を点ててくれる茶屋があった。

「二人でお茶でも飲むとよろしかろう」

忠助に手を取られ、小雪は茶屋に向かった。それを見届けると、源斎と月江は臥龍池の方へ歩いた。

水面には紅葉が映り、落ち葉が浮かび、その下を小さな波をたてて緋鯉《ひごい》が泳いでいた。ゆらゆら揺れる波が時にまぶしく光り、まるで錦絵を見るようである。

「偶然とは思えん。お前か、勝手に忠助を呼んだのは」

源斎は月江を詰問した。

「うちやあらしまへん。いつも忠助さんから大随求菩薩にお願いに上がってるって聞いてました。菩薩のお引き合わせでっしゃろえ。忠助さん、心から小雪様のことを思っていやはりましたさかい」

月江がしれっと答えた。見え透いた嘘に源斎は顔をしかめた。

《喜久江仕込みだ》

月江が一枚の紅葉を持って近寄って来た。

「これ、きれいどすやろ」

「そうだな」

「前から先生が、『後は何かちょっとしたきっかけがあれば、ひょいと出てきそうな気がする』と言うてはったけど、その通りどしたねえ」

源斎はため息を漏らした。月江の仕組んだことが図に当たったのは間違いなかった。

《けちなことにこだわらないで、医者として受け止めるべきなのだろう》

源斎は口元を緩めて紅葉を受け取った。

「ようやったなあ」

「うれしおす」

月江の目が潤んだ。

「堪忍しておくれやす。先生に申し上げたら、絶対にお許しが出えへんと思って……、勝手なことをしてすんまへん」

月江はしゃくりあげながら頭を下げた。

「忠助が刺激とは……よくわかったな」

指で涙をぬぐって、月江が続けた。

「まだ小雪様が小さい頃、忠助さんに飴やら、あられやら分け分けしてくれはったそうどす。かなえさんにあたんされて、よういけず言われたて言うてはったんどす」

「ほう、そうか。子どもの頃から、小雪は忠助を好きだったんだな」

「へえ、小雪様が『忠助のお嫁さんはどんな人がええの』と聞かれたことがあったそうどす。忠助さんは『私は嫁さんはいりません。ずっと丁稚でいて、お嬢様にお仕えさせてください』と答えはりました。そしたら、小雪様はいきなり忠助さんの頬をたたかはったんやそうどす。それも真っ赤になるくらいのたたき方らしおす。忠助さんは何が何やらわからへんかったて。後にも先にも、小雪様にたたかれたのはその時だけやったらしおすけど。それやのに忠助さんは、しばらく小雪様の手が大丈夫か、そっちの方が心配でならへんかったそうです。それからというもの、『お嬢様は、自分のことを嫌うたはるのか』と悩んだそうです。うち、その話をお聞きした時、ぱっとひらめいたんどす」

「何がひらめいたんだ」

「小雪様と忠助さんは身分が違う。一緒になれへん。小雪様はそれが悔しくて悲しくてどうしようもなくて、たたかはったんどす」

「そうか、女心は微妙だなあ」

「忠助さん、小雪様の様子を聞きたくて、うちにつきまとわはりました。あの気の入れよう。熱心さていうたら、往生しました。二人の間には惹《ひ》かれ合うものがあるんとちゃいますか」

「お前は男女の機微を心得ておる」

月江は顔を赤らめた。

「しようがおへん。小さい頃から、殿方と女子ばかり見てきましたさかい。あのお二人はとってもお似合いどすえ」

源斎はある想いが浮かんだ。

「小雪と忠助を夫婦にするのはうまい思いつきだな。小雪は座敷牢から出ることができる。これですべて解決する」

「そうなったら素敵どすねえ。けど、そう簡単にはいくはずがあらしません」

「なぜだ。小雪は言葉が出るようになった。もう、癲狂は治ったと見てよい。あの女も文句はあるまい」

月江は首を横に振った。

「彩乃様は信心深い方でいらっしゃいます。言葉が出るようになったかて、すぐ座敷牢から出せるとは限りません」

「確かに、あの女は西海なにがしのことを信じ切っておる。わしの言うことなど、聞いているふりをしているだけだ」

「上手に仕組まんとあかしまへんね」

「どうするんだ」

「言葉が出るようにならはったのは、こちらの一番大切な切り札どす。一番大切なものは最後まで大事に置いとくんどす。すいまへん、これは花街の女の処世術なんどす。ここぞというところで使わんと」

「ここぞというと、いったい何だ」

「まだ、うちにもわかりまへん。いずれにしても、小雪様に言葉が戻ったことは、しばらく隠しておいた方がよろしいと思います。様子をうかがって、明かす時を待たれたらどうどすやろ」

「お前に任す。世の中は七面倒くさいものだ」

「ほな、小雪様には時機が来るまで、うち以外の者とはしゃべらはらんように、申し伝えてよろしおすか」

「よしなに頼む」

源斎は月江のくれた紅葉を紙入れに挟んだ。

雁《かり》の列が秋空高く風の彼方《かなた》へと飛んで行く。

「さあ、そろそろお開きにするか」

茶店の前から源斎が呼んだ。

「はい、ご迷惑をおかけしました」

小雪が澄んだ声で答えた。

《なんという上品な声だろう》

源斎は陶然となった。

立ち上がって一礼した小雪の手を忠助が取った。小雪の顔からは今までの暗い影が消えている。

源斎は月江を見やった。月江が源斎を向いたのも同時だった。ぴったり視線が合うと、月江が微笑をたたえた。

二

もう四つ（午後十時頃）に近く、通りに夜回りの拍子木の音が響いていた。

人のいなくなった診察室の文机《ふづくえ》の前で煙草を吸っていると、八重が入ってきた。

「忠助さんが見えました」

「よし、お茶を持ってこい」

療治所まで忠助を呼びつけたのは源斎だった。

冷たい雨の中をやってきたのに、忠助の顔は汗ばんで湯気が出ていた。

「遅くなって申し訳ございません。仕事が終わって急いで駆けつけてまいりました。先日は失礼しました」

忠助は深々とお辞儀をした。

忠助が頭を上げると、源斎は間髪を入れず、

「小雪さんのことをどう思うか」

と訊ねた。忠助は驚いて目を白黒させた。

「どう思うも何も、ただ、すっかりよくなられましたので、喜んでいるところでございます」

「それはわかっておる。好きか」

ずばりと聞いた。忠助は耳まで真っ赤になった。

「好きか、とおっしゃいましても……手前とは身分が違います。いつもただ仰ぎ見ているだけでございます。ご尊敬申し上げております」

「あんなに座敷牢に入っていても同じか」

「小雪様は可哀そうでございます。同情させていただいております。純情なお方ですから、ご苦労が大きすぎたせいだと思います」

源斎はキセルを火鉢の五徳でカチンと一つたたいた。

「ざっくばらんに聞こう。お前は小雪さんと夫婦《めおと》になる気はあるか」

忠助は真っ青になってのけぞった。

しばらくすると我に返った様子で、ぶるぶる震えだした。

どもりども首を横に振りながら言う。

「そんな大それたことを……罰が当たります。身分が違います」

「それを承知で訊ねておるのだ。小雪さんがはいと言ったらそうするか」

「夢にも思ったことはございません。ちょっと考えただけでも身が縮むようでございます。どうぞ、堪忍してくださいませ」

忠助はそう言うと、はらはらと涙をこぼした。

源斎は煙草の煙を吐きだした。

「わしは小雪さんを救えるのはお前しかいないという結論に達した。もちろん、わしだって、身分の違いは百も承知しておる。しかし、ここで大切なことは、どうしたら小雪さんを救えるかだ。座敷牢のままでいいというのか」

「とんでもございません。一刻も早く出られますようにお祈りしております」

「だが大きな問題がある。考えてごらん。仮に座敷牢から出たとしても、小雪さんは彩乃殿と一緒に暮らすことになる。またぶり返して悪くなるのは目に見えている。となると、家を出るしかない。とはいえ、一人暮らしはいかんせん無理だ。だがお前と一緒に暮らせば、好きな者同士、楽しくやっていける。もはや身分にこだわっている場合ではあるまい」

忠助がきっとなって顔を上げた。

「好きな者同士とおっしゃるのですか……私は小雪様から嫌われております」

「なぜだ」

「昔ひどくたたかれたことがあります。それも尋常じゃありませんでした。心の底では私を憎んでいらっしゃるのです」

「小雪はお前を好いておるが、身分の違いが一緒になることを阻んでいる。それが悔しくてたたいたのかもしれんぞ」

忠助が小声で言った。

「それは先生のお考えでございましょう」

「わしの目が狂っていると言うのか」

源斎が厳しく言った。

「いえ、そう言う訳ではございません。ただ……」

忠助は絶句した。

「お前の気持ちはわかる。しかし相思相愛の者同士、結ばれるのは世の常だ。女々しく泣いているばかりじゃいかん。男だろう。夫婦になれ」

源斎が言うと、忠助は全身をこわばらせた。

「滅相もございません。それはできません。ただ、下男だったらどんなことでもさせていただきます」

忠助は両手で頭を抱えた。

源斎が忠助をのぞき込む。

「夫婦にならない以上、下男にはなれないよ。小雪さんをお助けしなければならないのであろう。ならばどんなことでもせねばならぬのではないかな」

その途端に忠助はひれ伏した。

「堪忍してくださいませ」

「いや、許さぬ。荻野屋とはどこか離れたところに所帯を持て。お前が本当に小雪さんのことを思っているならわしの言う通りにしなければならぬ。医者が言うことだ。旦那とはわしが話をつけてやる」

忠助は消え入るような声で「はい」と答えると、畳に顔を俯せた。

源斎の動きは早かった。忠助と会った翌日には月江を従えて小雪のところに出かけた。

「紅葉狩りの折はありがとうございました。お忙しいところを、お暇をさいていただきまして、感謝申し上げます」

小雪が言った。

源斎は、小雪のしっかりした言葉に聞き惚《ほ》れた。目の前にしていても、本当に小雪がしゃべっているのだろうかと信じられなかった。

「楽しかったかね」

小雪の真っ白な顔がたちまち紅に染まった。恥ずかしそうに、

「はい、六年ぶりでございました。昔、高台寺の紅葉狩りには毎年参りました。懐かしゅうございました」

「そうか、それはよかった」

源斎は一つ咳払いをした。

「ところで一つお聞きしたいことがある」

「何でございましょうか」

「高台寺に行くまでは一言も話さなかったな。一体どうして話せなかったのかね」

消え入りそうな声で小雪が答えた。

「月江さんにも同じことを聞かれました。けど、自分でもよくわかりません。何か雲がかかったみたいにぼんやりしていたんです。そうですね……雲の向こうに何かがいて、いつも押し潰してくるようでした。話そうとすると、何かが言葉をばらばらにするようでした」

「その『何か』というのは」

小雪の顔が曇った。源斎はすぐに、

「話したくなかったら、それで構わないよ」

と続けた。

しばらくおいてから小雪が口を開いた。

「もう大丈夫です。はい、実は狐だったんです。うちは狐に憑かれた、と信じ込んでいたんです。女中たちも怖がってましたし……狐になった途端に何も考えなくなりました。それまでは苦しくて苦しくて、何度も死のうと思いました。狐になったら、そんな苦しみは嘘みたいに消えました。叫ぼうと笑おうと泣こうと勝手でした。自由気ままなんです。あんな楽しいことはありませんでした」

小雪がいったん言葉を止めた。

「月江さんはうちを狐憑き扱いにされませんでした。いつも普通の人に向かうように話しかけてくださいました。月江さんの言われることはよくわかりました。狐を向いていた心が、だんだん月江さんの方を向きだしたんです」

小雪は苦し気に息をついた。

「うちは狐と月江さんと両方から引っ張られました。とうとう狐が怒りだして、『わしをみくびるな』ってしかりつけてきました。そして『月江におまるを引っかけろ』って命令したんです。ああ何ということを……」

小雪は月江に深々と頭を下げた。

「お許しください」

「何もだいじおへん。病気がやったことどす」

月江は小雪の手を握った。

小雪が頭を上げた。

「狐は勝ち誇って言いました。『月江は逃げて行ってしもうた。今頃、祟りで苦しんで、のたうち回っているだろう』。うちは自分の迷いを詫びて完全に狐になりました」

小雪はしばらく黙り込んだ。ゆるゆると源斎へ顔を向けた。

「次の日でございました。源斎先生が往診に見えました。顔から火が出そうでございます。先生、お許しくださいい」

小雪は両手で顔を覆って首を横に振った。

「いや、何も気にしておらん。続けなさい」

「狐が命令したんです。『この男とつがいになれ。そうしないと立派な雌狐になれない』。もう必死でございました。ああ、何ということをしでかしたのでしょうか」

「いや、気にすることはない。病気がしたことだ」

源斎が慰めた。横から月江が小雪を抱き起こした。

「お許しください」

小雪は詫びを繰り返した。

「ところが、もう二度と来ないと思った月江さんが、またお出でになったではありませんか……あの狐の驚きよう。それから、壬生寺の地蔵菩薩のお力で影は薄くなりました。すっかり狐が消えたのは大随求菩薩にお参りして、忠助に会った時でございました」

　小雪は源斎の前に突っ伏した。

「そういうことだったのか。様々な症状はすべてちゃんとそれなりの理由があってのことだったのだなあ。さあ、顔を上げなさい」

　月江が小雪の肩に手を回して身体を起こした。

「長いこと狐になった夢を見てはったんどすね」

「わしの方を向いてごらん」

　源斎が言った。小雪はゆっくりと顔を上げた。

「こうして反省できたんだ。もう目が覚めたのだよ。これから新しく生き直すがよかろう」

　小雪が源斎をじっと見た。

　煙草に火をつけると、源斎は煙を吐きながらやんわりと言った。

「そういえば、忠助とは」

　小雪が応じた。

「一年十月《とつき》ぶりでございました。忠助は荻野屋のために、よう働いてくれております。有難いことでございます」

　端然とした表情だった。

源斎は小雪の耳元に口を寄せた。

「忠助のことをどう思うかね」

小雪は不思議そうな顔つきをした。

「どう思うか、とおっしゃいますと……忠助は昔、うちがお稽古に行く時のおつきで、いつもついて来てくれておりました。感謝しております」

源斎はにこりと笑った。

「わしは横から見ていたが、二人で話す姿は微笑ましかった」

「さようでございましたか」

「忠助が好きか」

源斎が単刀直入に訊ねると、小雪は軽く目を閉じた。

月江が傍らで身をこわばらせている。座敷牢は物音ひとつせず、香の香りが漂うばかりである。

しばらくしてから、小雪は恥じらいのこもった様子でうつむいた。

「はい、好きでございます」

消え入るような声だった。

「そうか、小雪殿の気持ちはよくわかった。わしの顔を見なさい」

源斎は小雪の眼差しを受け止めた。

「それならば、忠助と夫婦になるがよろしい。幣次殿にはわしが話をつける。それでいいだろう」

小雪がこくりと頭を下げた。

三

松を描いた金箔《きんぱく》の襖の前に幣次と彩乃が並んで座った。

「私どもに緊急のご用向きとは何でございましょうか」

膝の上で手指をもじもじと動かしながら幣次が訊ねた。彩乃は唇を固く結んで源斎を睨んでいる。

「小雪殿はすっかり回復されました」

源斎はおもむろに言った。幣次の頬がぴくりと動いた。

「つきましては、私の判断で座敷牢からお出しいたします」

源斎は幣次と彩乃に代わる代わる目を向けて返事を待った。だが二人とも黙り込んだままだ。

「もちろん、最後に決められるのはあなた方です」

彩乃がため息をついた。

「小雪には本当に苦労してきました。回復したとうかがって、喜んでおります。でもこれまでは、よくなりそうになっては、またすぐ元の木阿弥《もくあみ》でございました。以前より西海大僧正様から、油断してはならぬと注意されております。今は具合がよろしいかもしれませんが、もう少し様子を見させてください」

「西海様がどんなお方かは存じませんが、小雪さんを治せなかったのではございませんか。今は医師である私が全快したと申し上げているのです」

「小雪についている上狐は人をだますのがうまく、よくなったように見せかけ安心させ、逆に悪い方に持っていくのだそうでございます。それを何度も繰り返すとのことでございます。やがて小雪はもちろん、荻野屋全体に祟りが広がるそうなのでございます。それでは困るのです」

「この私まで狐に化かされているとでも、おっしゃるのか」

源斎は言葉を荒らげた。

彩乃は横を向いて黙り込んだ。

源斎は幣次を向いた。

「この二月に見えた時は私に全部任せるとおっしゃいました。そうでしたね」

幣次は落ち着かない様子で返答した。

「そんなことを申し上げたでしょうか。私は頭が悪いもので定かではございません」

源斎は続けた。

「七月末頃から小雪殿は薬を飲めるようになりました。その薬が次第に効いてきて、今では高台寺に紅葉狩りに行けるまでに回復しました。私も一緒に参りまして、つぶさに様子を拝見しました。まったくおかしなところはございませんでした」

彩乃が口をとがらせた。

「おや、お玉から聞きましたが、壬生寺では歩きながらあぶり餅を食べたというじゃありませんか。はしたない。先生の後ろに座っておられるその人が買って与えたそうです。普通の娘なら食べながら歩いても構いませんが、小雪は荻野屋の娘でございます。そんなことは許されません。礼儀を心得ない者を、先生はそれでも治ったとおっしゃるのでございますか」

「それは紅葉狩りに行く前のこと。高台寺ではお嬢様らしい立ち居振る舞いでいらっしゃいました。病気は完全によくなっておりますよ」

「誰か証人がおりますか。お玉を連れて行くのをお断りなさったんでしょう」

「医者の言うことを信用なさらないのですかな」

源斎が彩乃を睨みつけた。

「そんなわけではございません。小雪にはこれまで、ほとほとてこずってきたものですから、にわかには信じ難いのでございます。何度も騙されて、苦い思いをしてまいりましたので……」

　彩乃が睨み返した。

　源斎は幣次を向いた。

「幣次殿は誰よりも小雪さんのことを思っておられる。可愛くてならぬのだ。手元に置いておきたくてたまらない。小雪さんが年頃になれば、当然嫁に行って幣次殿から離れていくことになる。だが座敷牢に閉じ込めておけば、小雪さんはずっと手元に留まることになる。心の底で幣次殿はそう思っておられる。子離れができておらぬ。どうですか、そうでございましょう」

　幣次は両手を前に出して横に振った。

「滅相もない。なにも好んで小雪を座敷牢に入れておきたいわけではございません。具合が悪いからやむを得ず入れているだけでございます。ずっと小雪を手元に置くなんて、そんな道に外れたことなど露ほども考えておりません」

　源斎は彩乃を向いた。

「小雪さんがここに住まわれている限り、幣次殿は小雪さんから子離れができないでしょう」

　彩乃がうなずいた。

「私がお邪魔するようになってから、彩乃殿は一度も小雪さんと直接会っていらっしやらないのでしょう。直接、小雪さんと会ってください」

それから月江を向いた。

「小雪さんをここに連れて来なさい」

「はい」

月江は即座に立ち上がった。

彩乃が腰を浮かした。

「ま、それは困ります」

源斎は両手を上げた。

「心配いりません。私がおりますから。ここに居てください」

彩乃はしぶしぶといった様子で坐り直した。幣次は口をぽかんと開け放心したようになっている。

月江が小雪をともなって入って来た。

小雪は二人の前にきちんと正座した。

「お父様、お母様、ご迷惑をおかけしてしもうて、申し訳ございませんでした」

小雪の言葉を聞いて幣次が飛び上がった。

「おお、小雪、口がきけるのか……」

同時に半泣きになって小雪のところににじり寄った。

「源斎先生のおかげさまでございます。お父様……」

最後の方は言葉にならなかった。

父と娘は手を握り合って、人目もはばからずむせび泣いた。

彩乃は真っ青になって、凍りついたように身じろぎもせず二人を見つめている。

幣次は我に返ると、

「源斎様、失礼致しました」

と深々と頭を下げた。

源斎は彩乃を向いた。

「これはわしの力ではなく、薬の力、医学の力でござる。彩乃殿はこれでも狐憑きと言われるのか。小雪殿はこれまでの心労が重なって、それが原因で一時的に平常心を失い、しゃべれなくなっただけのことです」

彩乃は表情一つ変えず無言のままだった。

源斎は小雪を向いた。

「これから大事な話があるから奥へお戻りなさい。積もる話もあるだろうが、お父上とは後でゆっくり話しなさい」

すると小雪は、

「お父様、お母様、失礼いたします」

とお辞儀をして立ち上がった。幣次は小雪の後姿をうっとりと見送った。

二人の足音が消えるとすぐに彩乃が言った。

「きっと、また、悪くなります」

源斎が彩乃を向いた。

「その時は切腹してお詫び申し上げる約束でもいたしましょう」

彩乃はばつが悪そうに顔を伏せた。

源斎は穏やかな口調で言った。

「実は、紅葉狩りでたまたまお宅の中番頭の忠助殿と出会いました。驚いたことに、忠助殿は小雪殿の全快を祈って、いつも高台寺の大随求菩薩様に参拝していたというのです。出会ったのはまさに菩薩のお引き合わせと言えましょう。忠助殿は心から小雪殿のことを思っておったようです」

源斎は自分があの時の月江の言葉を繰り返しているのに気づいた。

咳ばらいをして続けた。

「彩乃殿のおっしゃる通り、医者は人間ですから、力に限りがございます。しかし、大随求菩薩のお導きとなると、これは特別なことでございます。おそらく忠助殿の純な心が菩薩のご慈悲を呼んだのでございましょう。菩薩に歯向かったら、それこそ罰が当たります……」

話の途中で彩乃はさっと青ざめた顔で立ち上がり、よろよろと部屋を出て行った。

幣次があわてて彩乃の後を追った。

しばらくして、幣次が戻って来た。

「誠に失礼いたしました。彩乃は頭痛がするとふせっております。申し訳ございませんが、今日はここでお引き取りいただきとう存じます。あらためてご連絡申し上げます」

「診察しましょうか」

「ありがとうございます。それには及びません。そっとしておいたら、よくなると思います」

源斎は笑みをたたえた。

「わかりました。それでは、彩乃殿が落ち着かれるまで、小雪殿は座敷牢におきましょう。もう一度小雪殿を呼びましょうか。親子でゆっくりと積もるお話でもしてください」

幣次は源斎の前に手をついた。

「先生、ありがとうございました。このご恩は一生忘れるものではございません」

そう言って深々と頭を下げた。

第十二章　晦日の祝言

一

紅い提灯の周りを粉雪が舞っていた。

だらりの帯の月江は蛇の目を斜めにさし花見小路を歩いていた。傘に雪の触れるかすかな音がした。雪などものともせず、年忘れの宴会に向かう男たちが足早に行き交っている。身なりからすると室町か新町の旦那衆であろう。

井筒屋の玄関の横の垣根の間から一輪の山茶花《さざんか》がのぞいていた。提灯に照らされて桃色の花びらの周りを粉雪が流れる。

月江は立ち止まって見とれた。

はっと我に返り、急ぎ足で内玄関をくぐった。

「こんばんは。三左衛門様のお座敷どす。よろしゅうおたの申します」

控えの間に入ると、すでにとよ福《ふく》と幸風《ゆきかぜ》が坐っていた。だがいつもいる福花がいない。

月江の胸は不安で締めつけられた。旦那の申し込みのことが伝わっているのは確かだった。

一年ほど前から、福花は三左衛門に贔屓《ひいき》にされていた。もともと福花は祇園随一の美人という評判だった。三左衛門から贈られた着物に身を包むと、さらに妖しい輝きが加わった。

三左衛門は、自分の見立ての確かさに酔い痴《し》れたかのように、福花に見とれていたものだった。福花を溺愛し、多額の祝儀を与え、歌舞伎など催しに行く時には必ずともなっていた。着物もそのたびに変わり、福花は女たちの羨望の的だった。

だが三左衛門は気紛れで飽きっぽく、突然他の女に心を移す。どうやら福花も例外ではなさそうだった。

とよ福と幸風が月江に意味ありげな眼差しを向けた。月江の気持ちはさらに重くなった。

玄関の方から三左衛門のしわがれ声が聞こえた。

三人は緊張して立ち上がった。

「おおきに、こんばんは」

月江は口元に微笑をたたえて座敷に入った。

三左衛門は床の間を背景にして座っていた。大きな体に隠されて掛け軸も花も見えない。

三左衛門は何も言わずに月江を手招きして自分の横に坐らせた。さらに先に座敷に入っていたとよ福と幸風を呼び寄せた。

「久しぶりの雪だのう。駕籠から降りたら山茶花の花びらが雪でしなっていた。見とれてしもうた。普通の心の持ち主だったら、ささやか過ぎて目もくれないだろう。だが雪であろうと何であろうと、わしは美しいものには目がないのだ。ひとえに美しいものを求めて生きて来た」

三左衛門は細い目をさらに細めた。

「山茶花に舞う雪……この柄の友禅を作らせよう。これを着ると、さらに美しくなるぞ」

そして三人を交互に見やった。

「さあ、誰に着せようかな」

とよ福が、

「うちにおたの申します」

「いえうちに」

幸風は三左衛門にすり寄った。

「おや、月江は何も言わんな。欲しくないのか」

「そんな綺麗な着物がうちに似合いますやろか」

月江が控えめに答えた。

三左衛門は顔をしかめたが、すぐ意味ありげな笑みをたたえた。月江は思わず、重い気持ちを読み取られたようで背筋が冷たくなった。

「もちろん、月江にぴったり合うように作らせる。祇園は贅沢をするところだぞ、飾り立てなければならぬ」

言い切ると、三左衛門は最初の盃を空けた。

いつものように三左衛門は自分の見立てた着物がどんなにお客を喜ばせたかを自慢し始めた。三人はここぞというところで相槌を打った。

酒が進んだ。

一段落ついたところで三左衛門は月江を見た。

「さあて、舞ってもらうか」

三左衛門は舞が最も美しく見える酔い心地のところで所望するのが常だった。普段なら福花が出て気が楽だったが、今夜はそんなわけにはいかない。

「わしは作り物には吐き気を催す性質《たち》だ。芸は高い岩に咲く花のように自然でなければならぬ。女はもちろん、着物でも管弦でも、美しい物は、奥に隠れているものがいい香りとなって漂い出る。逆に、醜い不格好な物は表面をいくら飾り立てても糞の臭いがする。わしはそれを嗅ぎ分けて富を築き上げた」

三左衛門はかつてこう言ったことがある。その鋭い眼力の前では絶対に失敗は許されなかった。

月江はきりりと唇を引き締めた。とよ福も幸風も異様に緊張している。とよ福の前に琴が運び込まれた。「四季の曲」を舞うのに月江が特別に準備してもらったものだった。とよ福は三味線ばかりでなく琴の名手でもあった。三左衛門は琴を興味深そうに眺めた。祇園では滅多に琴は弾かない。琴の音に合わせて幸風が歌い始めた。

「花の春立つ朝《あした》には……」

月江は銀箔に梅を描いた扇を素早く開いた。粒立ちのいい色鮮やかな琴の音が全身を包む。

扇を目の前に上げてゆっくりと回る。あの暗かった座敷牢の日々、夢中で過ごしているうちに季節は廻《めぐ》った。

「春は梅に鶯《うぐいす》……」

源斎の手伝いができて嬉しかったが、狐におびえて花を愛《め》でる余裕もなかった。

「夏は卯《う》の花橘《たちばな》……」

練り物で、三左衛門に見初められ舞った時の喜びと興奮。嵐山の緑やかなえの哀しい物語が聞こえる。琴と歌が絡まり合って進んで行く。

「秋は紅葉鹿の音……」

壬生狂言の笑い声や高台寺の紅葉。小雪の「ちゅうすけ」と呼ぶ声が聞こえてくる。

「雪に心移せり……」

純白の雪に歓喜する琴がかき鳴らされる。長い振袖が、春の訪れを示すかのように
しずしずと開いて行く。春の訪れを暗示しながら舞は終わる。

月江は畳になおり一礼した。


三左衛門はまったく動かなかった。

とよ福が立ち上がってその傍らに座り呼びかけた。

「旦那様、三左衛門様」

返事がなかった。うなだれ目を閉じ身動き一つしない。とよ福が名前を呼びながら
身体を揺する。

「三左衛門様」

月江も背中をさすりながら声をかけた。

「うーん」

うめき声が漏れると同時に閉じていた目が開いた。

女たちは顔を見合わせると一斉に呼んだ。

「どないしゃはったんどすか。しっかりしておくれやす」

三左衛門は周りを見回した。

「ああ、いい気分だった……心配するな。わしは美しさに気分が高ぶると、時々気を失うことがある。こんな美しい舞を見たのは初めてだった。何というか、気高い清らかな思いが立ち上ってくるようだった。わしの身体にはちと刺激が強すぎたのだろう」

三左衛門は自分の横を指さした。

「月江、ここに坐れ」

月江が座ると、

「何という曲だ」

と訊ねた。

「へえ、『四季の曲』どす」

「ほう、わしも祇園は長いが初めてだ」

「そうでっしゃろねえ。うちが振りをつけましたんどすさかい」

「そうか。お前の振り付けか。秀でておる。舞を見ている間に、一年が過ぎてしもうたような気がした。舞っている最中お前には何か、心を奪われていたものがあったな。その由来を話しなさい」

月江はとっさに作り話をした。

「『四季の曲』の序は源氏物語の『初音』から取られたと伝えられております。けど、物語と歌と、字句はちょっと違ってます」

「『初音』とは一体どんな物語なのか」

「三十六歳になった光源氏の新春のめでたい話でございます」

月江は粗筋《あらすじ》を説明した。

「お前、源氏物語は読んだのか」

「へえ、子どもの頃から大好きで、何べんも読みました」

三左衛門は月江の手を握った。肉が厚く、冷たかった。

「お前と話していると、わしは目が覚めるような気がする。お前はわしの知らない遥か遠い国から来た娘のようだ」

三左衛門は考え込むような顔をした。

「どんな女もわしはひと目で見通せる。だからこそ、その人に合った着物を見立てられるのだ。ちょうど、味を知り尽くした板前が絶妙の付け合わせをするようなものだ。だが目を使ってではないぞ」

三左衛門は自分の鼻を指さした。

「この鼻で、奥に隠れている匂いをかぎ取って着物を選ぶのだ。そこがそこらの呉服屋とは違うところだ」

三左衛門はいきなり顔を寄せて月江の頬に鼻を近づけた。そして匂いを嗅ぎ始めた。鼻先の当たった頬の部分がくすぐったかった。

銀びらの簪がかすかな音を立てて揺れた。月江はとよ福と幸風の呆気にとられたような視線を感じて、恥ずかしくてならなかった。

鼻を離すと三左衛門は遠くでも見つめるようにつくづくと月江を眺めた。

「じゃが、どうも月江は違う。匂いを感じ取る前に、逆にわしの心が見抜かれておるようだ」

「そんなこと、できしまへん」

三左衛門の口調が急に子どものようになった。

「これはわしの秘密だが」

三左衛門は遠くを見るように目を細めた。

「これまで、わしの心を見抜いてくれたのは母上だけだった。目を見ただけで、母上は乳をくれ、おやつをくれ、抱きしめてくれた。わしは弱虫でのう。いじめられて泣いて帰ると、母上はいつも仕事をやめて、面白い物語をしてくれた。透き通った優しい声だった。うっとりするような匂い。ああ、今でも漂って来る。この世に母上以上の女はいない。わしはそう信じてきた」

三左衛門はいきなり月江の両肩を摑んだ。

「月江、わしの顔を見ろ。わしは年を取っている。棺桶《かんおけ》に半分足を突っ込んでおる。だがまだ遅くはない。お前が母上みたいに、わしのそばにいて物語をしてくれたら、余生は何と豊かになることだろうか」

そう言って月江の手を取って自分の頬に押し当てた。

脂ぎった肌はあまり心地よくはなかったが、月江は顔色一つ変えなかった。

「わしは願ったことはすべてかなえてきた。欲しいものは全部手に入れた。だが月江、お前と会ってから、一つ欠けていたものがわかった。学問だ。学問が欲しい。こいつだけは金じゃ買えない。だが、万金を積んでも必ず手に入れたい」

手の甲に三左衛門の涙がぽとりと落ちた。

月江は空いている方の手で懐紙を取り出し、三左衛門の頬をつたった涙をそっと拭いた。三左衛門は背をまるめなされるままだ。

三左衛門が月江にささやいた。

「返事はまだか」

月江は微かな声で答えた。

「もう少し、待っておくれやす」

二

源斎と月江が荻野屋の暖簾をくぐった途端に、伊佐吉が飛び出して来た。伊佐吉は平身低頭して内玄関に案内した。玄関ではお玉をはじめ三人の女中が手をついていた。

源斎が月江に、

「これまでとは扱いが違うな」

とささやいた。

二人は奥の間に案内された。特別な座敷であろう。いつも案内されるところよりもさらに豪華だった。狩野探幽《たんゆう》の襖絵、床の間には尾形光琳《おがたこうりん》の掛け軸、違い棚には柿右衛門《かきえもん》の大皿や鍋島《なべしま》の白磁がずらりと並んでいた。荻野屋の財力がいかに凄《すご》いか、月江は目を見張った。

正装した幣次と彩乃がすでに座っていた。

「先日はご無礼いたしました。どうぞお許しください」

彩乃は源斎に向かって頭を深く下げた。

「実はあの時、先生は大随求菩薩のお話をされましたが、その途端に菩薩のお姿が現れました。狐に憑かれていたのは自分だったとわかりました。すると急に、気分が悪くなりました。そういう次第で中座させていただいたのでございます」

源斎がうなずいた。

「菩薩のお慈悲には耳を傾けなければなりません」

幣次が彩乃に向かって言った。

「先生のおかげで小雪は治ったのだよ。さあ、お礼を申し上げねば」

「はい」

彩乃と幣次は畳に額を擦りつけて礼をした。

「先生、ありがとうございました」

「どうかもう頭をお上げください」

頭を上げると、彩乃は源斎に魅入られたように訊ねた。

「先生も信仰心がおありなのですね」

源斎はゆっくりと答えた。

「もちろんです。先日、高台寺で私も大随求菩薩に小雪殿の全快を祈願いたしました。あの足軽だった秀吉公が、菩薩のおかげで天下を取ったじゃありませんか。生半可なお力ではありませぬ。医者ごときの力など、及ぶものではございません。たとえ狐がいかに強くても、大随求菩薩の前では無力でしょう」

彩乃はかしこまって聞き入っている。源斎は続けた。

「彩乃殿はまだお若い。男の子が生まれたら当然荻野屋の跡継ぎとなりましょう。だが、大随求菩薩に盾突いたら、授けていただけませんぞ」

幣次が何度もうなずく。

「彩乃は朝、昼、晩、大随求菩薩を拝んでおります。きっと菩薩も、彩乃の信心を認めて下さることでございましょう」

彩乃が縋りつくように言った。

「先生、この後、私どもはどうしたらよろしいでしょうか」

源斎は答えた。

「私はこの目で、竹林からふっと忠助殿が現れるのを見ました。これは大随求菩薩の不思議なお導きのような気がいたします。小雪殿と忠助殿を夫婦にしなさい、ということであると考えております」

「はい」

そう素直に答えると彩乃は幣次を向いた。

「どうどすやろ」

「もちろん、先生のおっしゃる通りだろう。しかし……」

幣次は言い淀《よど》んだ。彩乃が訊《き》いた。

「しかし何なのでしょうか」

「正式という訳にはいかん。忠助とは身分が違いすぎる」

彩乃の目が吊り上がった。

「まあ、身分なんて……私も小さな茶碗屋の娘、しかも出戻りでございました。旦那様は本当のところ、そんなことをお考えだったのでございますか」

「とんでもない、考えたこともない」

「身分など関係ございません。好いた者同士、正式に添わしてやったらよろしいではございませんか」

「あいわかった」

幣次は言うと、源斎に両手をついて頭を下げた。

「先生、失礼いたしました。彩乃の申し上げる通りでございます」

「御両名が認められたなら、小雪殿の幸せは確かなものとなりましょう」

源斎は月江に小雪を迎えにやらせた。

小雪は部屋に入るなり父親と手を握り合った。二人は言葉もなくしばらく見つめ合った。やがてゆっくりと手を離した。

幣次が、

「忠助を呼んでまいりましょうか」

と源斎を見た。

「私がまいります」

彩乃が幣次を押しとどめて立ち上がった。

やがて彩乃に付き添われて忠助が入って来た。

忠助は末席に坐って、両手をつき頭を畳に擦りつけた。

「頭を上げなさい」

幣次が優しく言った。忠助は頭を上げた。

幣次が源斎を見た。

源斎は大きな咳ばらいをした。

「今、ご夫妻と話し合ったところだ。小雪殿は全快された。今後のことについて、相談を受けた。わしはこれを機会に、小雪殿と忠助殿を、天下晴れて夫婦にしたらよろしいのではないか、と進言申し上げた。ご夫妻も賛成なされた」

忠助は口を一文字に結び、源斎を見つめた。小雪は下を向いたまま身動きしない。

源斎は忠助と小雪を代わる代わる向きながら言った。

「忠助殿、小雪殿、よい話だと思うがいかがかな」

忠助は返事をしようにも声が出ないようだった。

周りは静まり返っている。源斎が言葉を継いだ。

「これはわしの言葉ではない。大随求菩薩の御心だ」

忠助は大きく息を吸い込んだ。

「あまりにも勿体《もったい》のうございます。私ごときで務まりますでしょうか」

「この期に及んでまだそのようなことを言うか」

源斎が語気を強めた。

「はい」

「声が小さい。もっとはっきり」

「はい。よろしくお願い申し上げます」

今度は大きな返事だった。

源斎はゆっくりと幣次と彩乃を見た。

夫妻は顔を見合わせて何度もうなずいている。

源斎は小雪を向いた。

「小雪殿、いかがか」

「はい、よろしくお願い申し上げます」

小雪ははっきりと答えた。

彩乃が、

「何から何まで誠にありがとうございました」

と源斎に手を合わせた。同時に他の三人も深く頭を下げた。

師走の三十日、年末の繁多な最中にもかかわらず、小雪と忠助の祝言が荻野屋の座敷でとり行われた。小雪と忠助に一緒の新年を迎えさせてやりたいという、彩乃の配慮だった。

三

その日、筆写の仕事がようやく終わった。月江は仕上げた筆写の冊子を源斎のところに持参した。

源斎は診察机の前に正座してそれを丁重に受け取った。一枚一枚、うなずきながら丹念にめくる。

「ようやったなあ。ありがとう」

月江に頭を下げた。

お茶を口にしながら月江が言った。

「先日、四条通りで梅さんと、ばったり会いました。『源斎先生は狐憑きを治さはりました、大した法力でございますねえ』と感心しておられました。小雪様は狐憑きじゃなくて病気だったんです、と説明しましたが、とても納得した様子やありまへんどした。迷信の根は深おすねえ」

「わしに法力があるか……これじゃ現夢和尚も形なしだな」

源斎が苦笑した。

「世間の人は一度思い込んだら最後、ずっとそれを信じるものだ」

月江が訊ねた。

「店の御常連様のお話やと、最近、狐憑きが増えているということどすけど……」

「確かにそのようだ。医者同士でも問題になっている。かと言って狐の数は減りこそすれ、増えたという話は聞いたことがない。わしの見るところ、商人が金を持つようになってから、世の中の考えがすっかり変わってしまった。身分の高い者も低い者も、考え方に節度がなくなった。みんながわがままになって金と欲だけで動くようになってきた。それが原因かもしれぬ」

源斎がそう答えた時、賄いのお清が駆け込んできた。

「先生、荻野屋さんからどんどん料理が届いてます。結婚祝いの料理やそうです」

源斎と月江は顔を見合わせた。

「よし、今夜はお祝いだ。みんなでお相伴させていただこう」

源斎の言葉にお清は嬉しそうに出て行った。

一日の仕事が終わった後、源斎は使用人を集めて豪勢な料理の前に座った。そして室町の方に向けて祝杯をあげた。

「おめでとう」

「小雪さんおめでとうございます」

みんな唱和した。

源斎が言った。

「皆の助けがなかったら、まだ小雪は座敷牢の中だっただろう」

月江と八重は顔を見合わせてにっこりした。

あたかも正月が来たような料理が並んでいる。全員が夢中で舌鼓を打った。

お開きになった後、月江は書院に呼ばれた。

書院に入ると源斎は天井を見上げていたが、月江に視線を移すと言った。

「つらつら小雪のことを考えてみると、もちろん薬も効いたようだが、あれはひとえにお前のお手柄だった」

月江ははにかんだ。

「まあ、それは買い被りとちゃいますか」

「いやいや、そうじゃない。月江がいなかったら、わしとて手の施しようがなかった」

「偉そうなことで、すんませんどした」
月江は思わず頭を下げた。
源斎は腕を組んで天井を見上げた。
「月江は人情の機微がわかる。喜久江には叱られるだろうが、お茶屋の女将になるよ
り医者になるほうがいい。患者を治す筋を持っておる。心の医者になれる」
源斎の声が優しくなった。
「なあ月江よ。お茶屋というのは、元気な人ばかりを相手にする。ところが、わしの
相手は病んで、助けを求める人ばかりだ。そういう人たちを救う手助けをしてはくれ
ないだろうか」
源斎の眼差しには、いつもの強さはなかった。月江はこれまでこんな源斎を見たこ
とがなかった。
「わしのところで、これまで通り働いてくれないか」
源斎はやおら畳に手をついて頭を下げた。
月江はこのまま消え去りたい気がした。
「もったいのうございます」
「わしだってずっとこの仕事をやれるわけではない。なあ、月江よ。わしの養女にな
ってくれないか。お前が承知してくれさえしたら、わしはすぐお母さんにお願いに行

く。お前ならきっと立派な医者になれる。お前がこの療治所の後を継いでくれたら、どんなにか世のためになるだろう」

長い沈黙が続いた。

「うちはお茶屋の娘どす」

知らず知らずのうちに月江の口がつぶやいていた。と同時に《源斎先生のところで働きたい》という激しい思いが湧いた。

月江は心の中で歯を食いしばった。

「うむ」

源斎は長い溜息をついた。

「やはり花街で生きるか。だが、世間から見ると川の中の浮き島みたいなところだぞ。それでもいいのか」

月江は目を閉じた。

「お酒をよばれて、舞を舞うて、夢のように過ごします。芸妓さんになったら旦那さんを取ります。お母さんのお手伝いをします。そして女将になります。先生、うちは恵まれてます。現夢和尚さんのおっしゃるように不昧因果でございます。お母さんと同じ道を生きるようになってるんどす」

源斎は腕組みをしてうなだれている。

「ささやかながら、先生のお手伝いをさせていただいたおかげさまで、医は仁術と言われる意味が少しわかったような気がいたします。ありがとうございました。先生もお体にお気をつけくださいませ」

月江は頭を下げた。

立ち上がると、

「ほな、よし屋でお待ち申します」

といたずらっぽく笑ってみせた。

四

大晦日《おおみそか》の三条通りは賑わっていた。

通り沿いの店先には、正月用の餅、芋、大根、牛蒡《ごぼう》、豆腐、昆布、数の子、エビ、鯛《たい》、みかん、柿などが所せましと積んであり、しめ縄売り、飴売り、油売り、薪《まき》売りなどの振り売りや連尺商人が行きかっていた。買い物客の間を旅人たちが歩いている。借金取りらしい人々が慌ただしく駆け抜けて行く。

月江は花びら餅を買うと、急ぎ足で常無寺に向かった。

山門の前には袈裟《けさ》をつけ正装した現夢和尚が立っていた。後ろには三人の小僧が従っている。現夢は月江に向かって小さく手を振った。

月江が小走りに近寄ると、

「今から葬式が入った」

現夢が言った。

「お気の毒に。お正月やいうのに」

「いや、わしがお経を上げると、皆さん悲しみを忘れなさる。にこにこなさる人さえいらっしゃる。この世は、夢の如《ごと》く、泡の如く、影の如くじゃ」

現夢は笑った。

「葬式も大晦日も同じ、すべてを忘れる日だ。鞠つきみたいなものじゃ。突いたことにこだわっていると、訳が分からなくなってしまう。鞠はころころ……」

月江は思わず微笑して、

「おおきに。今年は大変お世話になりました。どうぞよいお年を」

と一礼した。

旦那の話をすることはできなかった。しかし現夢は、

「よし、よし、決心がついたようだな」

とうなずいた。

その眼差しはすでに月江の心を見通しているかのようだった。

「はい」

月江ははっきり返事した。

手にしていた風呂敷包みを差し出した。

「どうぞ召し上がっておくれやす。花びら餅どす」

現夢の目が優しくなった。

「おう、大好物じゃ。正月に大事にいただこう。寺に預けておいてくれ」

月江は現夢の行列が遠くなるまで見送った。

五

家に帰ると母が呼んだ。

「ちょっとこっちへお出でやす」

茶の間に入ると月江が座るのを待って母親が口を開いた。

「実は、先ほど井筒屋のお母さんがお出でやして、三左衛門さんの旦那さんの話、今年中に決めてくれへんかて言われたんえ。三左衛門さんにはこれまで浮いた話も多かったけど、本気で旦那さんになりたいと言われたのは、お前が初めてということや。早う、返事をしてもらわんと困るってことや、どないするつもりえ」

「へえ、お母さんの言わはる通りにいたします」

月江は何のためらいもなくはっきり答えた。

「そうかいな。三左衛門さんも、あんな風で身体がそないに丈夫そうでもなし、お歳もお歳やさかい、そう長生きはしゃはらへん。ちょっとの辛抱や」

母は顔色一つ変えずにそう言った。

「うち、お世話になる以上は、長生きしてもらいとうおす。力の限り、尽くさせてもらいます」

「やっぱり血は争えへんな。よし屋の血や。先代も先々代もみんな旦那さんを取ってきはった。覚悟を決めると、どんな人でも精一杯お世話することができるんえ。生きるからには、毎日をちゃんと悔いなく過ごさんとあかへん。人の不幸を願うと、張りが無くなってしまうえ」

小さく切った古老柿を食べながら母が続けた。

「それにしても、三左衛門さんみたいなうるさいお人の眼鏡にかなうとはなあ。あのお方は、女《おなご》には神様みたいな人やし。祇園の女もぎょうさん、着物を見立ててもらいたがったはる。こんなええ話はもうあらへんやろえ」

「なんで、うちなんかに目をつけはったんやろ。たんと別嬪さんはいやはるのに」

「うちもおかしいと思うて訊ねてみたんや。そしたら、三左衛門さんの言わはるには、そら月江より別嬪さんはいっぱいいる。商売柄、お金持ちの女のお客さんともぎょうさん会って来たけど、みんな自分の姿形にとらわれて見栄《みえ》ばかりはってる。祇園でも芸が達者で綺麗で気の利いた芸妓ともつき合うてきた。けど女というのはどのつまり、みんな似たり寄ったりや。お菓子と一緒でその時はおいしいが、食べ馴れてしまうと飽きてしまうもんやと。自分でも一体どんな女子が欲しいのかわからなくなったんやて。

ところが月江と話してびっくりしてしもた。目からうろこが落ちたとはこのことやった。わしの着物にもお金にもさっぱり興味がない。月江はお月さんみたいに謎々や。好きなもんは本というやないか。月江が本を読んでいる姿を何も言わんで横からじっと眺めていたい。自分は学問などしなかったから、よけいそうなんかもしれん」

思わず月江は笑い出した。

「買いかぶりも、ええとこやわ」

母も吹き出した。

「女の人にも賢い人が一杯いやはることをご存じないだけや。身近にそんな人があんましいやはらんだけのことやろしなあ」

「そうやろか。けど、もとはと言えばお前がどこかで学をひけらかしたんやろ。そやさかいお前も悪い。阿呆の振りをしてたらええのに……」

「すみまへん。三左衛門さんの前でつい背伸びをしてしもたんや」

「それはかりやない」

母親が続けた。

「三左衛門さんが言わはるには、荻野屋の幣次さんが月江に目をつけてはるらしい、と」

「へえ、幣次様が……」

月江は驚きの声を上げると同時に笑い出した。母親がうなずいた。

「幣次さんが『あんな優しくて、しっかりした娘は見たことがない』と言わはったちゅう噂を聞かはって、三左衛門さんは慌てはったらしい」

「信じられまへん。幣次様にお会いする時は、いつも源斎先生と一緒やけど、うちになんか目もくれたはらへんえ」

「わからんえー。知らん顔をしていはる殿方には特に気をつけんと。三左衛門さんは、幣次さんに先を越されて月江をもってかれたら、悔やんでも悔やみきれん。こうなったら恥も外聞もない。とにかく急いでくれ、と目つきがちごたはったらしいえ」

「三左衛門さんはいつも夢を見てはるところがありまっせ。うちを母上みたい、と言わはった」

「そうかいな、殿方は単純やさかいに。いくつにならはっても、いくらお金持ちにならはっても、お母さんから離れられへんのやわ」

月江は母親にお茶を注いでから自分にも入れた。喉がからからに渇いていた。母親が一口飲んだ。

「三左衛門様が言わはったそうや。『わしは月江に似合う着物を見立てることがでけん。月江と会うと鼻がきかなくなってしまう。わしは月江の裸の身体を見て、匂いを嗅いでみたい。そしたら着物を見立てることができる』やて」

「けったいなこと言わはる。狐が化けているわけやあるまいし……なんぼうちを裸にして逆さにつったかて、何も出てきいひんのに」

「そやったら腹立てて、お前をめちゃくちゃに折檻《せっかん》しゃはるんちゃうか。あのお方は奉公人には厳しゅうて鬼みたいやていう話や」

大げさに母親は言った。

「せやろか、そんな目にいっぺんおうてみたいもんやわー」

「阿呆なことを言うたらあきまへん」

母親が目を丸くした。月江は、

「お母さんかて、そうどすやん」

とロをとがらせてみせた。

月江は夢見るように言った。

「ほんまのことというたら、花街というのは男の人のためにできてるんやし。女は男に頼らんと生きていけへん。うちはお茶屋を継ぐことが生まれた時から決まってる。せやし好きなことはどうせできひんやん。あきらめるしかないのや。けど、うち、お母さんみたいに生きてみたいんや」

月江は下を向いた。

「おや、どうしたんえ」

「三左衛門様がうちの旦那さんにならはったら優しゅうされることやろう。けど、好きなように人形みたいに扱われて、苦しゅうて、悲しい自分を可哀相がって泣いて暮らすんや。うちはこの世からぽっかり消えてしまうかもしれんし」

「そんなことあらへん。殿方は、自分で夢を見て、自分で納得していやはるんや。勝手にしたいようにしてもろといたら、それで満足しゃはるんや。黙っといたらええ。こんな簡単なことあらへんやろ。物事はなるようになるもんやし」

二人とも黙り込んだ。

「花いらんかえー」

道の方から白川女の呼び声が聞こえた。

不意に母親が顔を上げた。

「ちょっとお酒を持って来てくれへんか」

「へえ」

月江はお銚子と盃を一つ載せた盆を用意した。

最初に月江が注ぎ、母親が月江に盃を戻した。

幼い頃から月江はこの日が来ることをわかっていたような気がした。

お銚子が空になった。

「ほな、今から井筒屋さんとこにうかごうてくるわ。今日のところは、返事は年明けにでもてお伝えしときまっさ。まあ、梅の咲く頃に返事したらええやろしな。じらした方が有難みも増すし、お手当もちょっとははずんでくれはるやろ」

そう言って、母親は笑みを浮かべて立ち上がった。

六

玄関に出てしめ縄飾りを整え、家紋を染め抜いた紺色の暖簾の下を掃き始めた。そこへ源斎がひょっこり現れた。

「いや、先生」

往診の途中であろう、八重を後ろに連れている。

「お母さんはいるか」

「へえ、今、ちょっと出かけてます。どうぞ、中でお待ちやしとくれやす。温かいおぶでも召し上がってもろてるうちに戻ってくると思います」

源斎と八重が暖簾をくぐった。

八重を玄関に待たせ、源斎はひとりで茶の間に上がり込んだ。月江はあらためて一年のお礼を述べた。

源斎はうなずくでもなくうなずいて、煙草をふかした。月江は言葉が継げなくなった。

そこへ玄関の開く音がした。

「まあ、源斎はん、大晦日も遅うまでようおきばりやすな」

入ってくるなり喜久江は明るく声をかけた。源斎の前にすわると、

「今年は大変お世話になりました」

とあらためてお礼を言った。一緒に月江も頭を下げた。

源斎はおもむろに懐から紙に包んだお金を取り出した。

「長い間、かたじけなかった。飲み代を支払いに参上した」

一礼して台の上に置いた。

「荻野屋の旦那が千両もお礼を持って来てくれた」

月江は肝をつぶした。

喜久江は浮き立った口調で言う。

「千両も、すごいわあ。よっぽど嬉しかったんどっしゃろえ」

「娘の幸せは金には替えられんということだろう」

喜久江はお金をあらためた。

「これは多すぎますえ。こんなにはいただけまへん」

そう言って返そうとしたが、源斎は喜久江の手を押し戻した。

「なーに、取っておけ。月江にも世話になったし。筆写もうまくいった。おかげで借りた本も全部お返しすることができた。まあ、これで一段落だ」

源斎は月江を見てにっこり笑った。

「薬屋の借金も一掃した。今、わしはお大尽様だ。しかしなあ、薬屋がまた新しい薬を売り込んでくればすぐに借金が増えるだろう。同じことの繰り返しだがな……」

母親がにこやかに言う。

「よろしおすやん。源斎はんのおかげで、どんどん病人さんがようならはる。評判が上がると患者さんはようけ頼ってきやはるし。結構なことどすやんか」

「いや、薬代の払えない貧乏人ばかり増えるから、逆にやりくりが厳しくなる一方だ」

「また、荻野屋さんみたいなお客はんを捕まえておくれやっしゃ」

喜久江が言うと、源斎が大笑いした。

喜久江が真顔に戻った。

「月江は今年限りで返していただきます」

「約束だからなあ」

源斎が瞼を閉じた。

月江は込み上げてくるものを抑えた。

源斎はあらためて坐り直すと月江に向かって、

「ありがとう」

と一礼した。

月江は何も言えず、ただ深くお辞儀を返しただけだった。

三左衛門の白く太った顔が目の前にちらついた。


深夜になると急に木枯らしが吹き始め、障子ががたがた揺れた。

例年のように、月江は母親と差し向かいで年越しを迎えていた。こうして代々、よし屋の母娘は家に身を委ねてきた。

風の向こうから、知恩院の荘厳な除夜の鐘が響き出した。

「ひとーつ」

月江が数えると母親が、

「ふたーつ」

と応じた。

ふと現夢和尚の「夢の如く、泡の如く、影の如く」という声がよみがえった。来年はまた新しい鞠つきが一から始まるのだ。

終章

年明けは晴れ渡った。

月江は神棚、仏壇、かまど、井戸、走り（台所の流し）、雪隠所《せっちんじょ》（便所）にお灯明を上げた。大晦日にいただいた祇園社のおけら火で喜久江がかまどに火を入れた。そして神棚に大福茶と白味噌《しろみそ》の雑煮を供えた。

娘として最後の正月になるのだ。覚悟を決めていたとはいえ、三左衛門が旦那さんになることを思っただけで周りが灰色になった。

朝六つ、例年通り新しい羽織袴の源斎が現れた。

月江は用意していたお箸紙を持って座敷に出た。

京漆のお膳の上に、金銀の水引の付いたお箸紙を置いた。白木の箸を包み、表には「小島源斎旦那様」と墨書してあった。

紅色の皿に、数の子とごまめとたたきごぼうを載せてお膳に置いた。お屠蘇を注ぐと、源斎はにこやかに飲み干した。

「明けましておめでとう。静かな正月だなあ」

源斎が言うと喜久江もにっこりと返した。

「へえ、ほんまに結構どす」

昨年は源斎と母の口喧嘩で元日を迎えたが、今年は嘘のように和やかだ。三人は雑煮を祝い重箱の煮しめをつまみながら酒を飲んだ。月江が立て続けに盃を空けるのを見て源斎は面食らったようだった。

その時、

「おめでとうさんでございます」

玄関から女の声がした。

迎えに出ると、予想もしないお客が立っていた。

晴れ着姿の小雪と紋付き袴の忠助だった。

「明けましておめでとうございます」

忠助が晴れ晴れとした顔で一礼した。小雪が合わせて頭を下げた。衣擦れの音がした。

忠助がしゃちこばって続ける。

「昨年はありがとうございました。おかげさまで、小雪と一緒に正月をお迎えすることができました。じっとしておられず、お礼を申し上げようと源斎先生のお宅にお邪魔いたしました。するとこちらに来られたとのことで、失礼も顧みずに追いかけてまいりました」

「ちょっとお待ちやしておくれやす」

月江は引っ込んで、源斎と母親のところに行った。

二人の来訪を告げると源斎は、

「せっかく来ていただいたのだから、ひとつ一緒に飲むか。どうだ」

と喜久江の方を向いた。喜久江もすぐにうなずいた。

部屋に入ると、二人は源斎の前で手をついた。

「おかげ様で晴れて夫婦になれました。ありがとうございます」

「わしの力なんて大したものじゃない。あえて言うなら月江がよう頑張ってくれたからだ」

源斎はそう言って月江を向いた。

小雪と忠助が月江に頭を下げると、月江は小雪の肩に手を当てた。

「お顔を上げておくれやす。うちなんて、何もしてまへん。ただ、先生のご指示に従っただけどす」

「月江さんに来てもらえへんかったら、今頃うちは、どないなってたことやら。きっと、座敷牢で正月の来たのも知らんままやったと思います」

笑みをたたえる小雪の目に涙が光っていた。

「まあ、とにかくお祝いの盃だ。話はそれからだ」

源斎の言葉に喜久江と月江はすぐに酒の支度を始めた。

玄関から訪《おとな》いの声が聞こえた。

月江が出て行くと今度は幣次と彩乃が立っていた。

「源斎先生がこちらにお出でだとお聞きしました。ちょっとだけでも、新年のご挨拶をさせてもらえませんでしょうか」

と幣次が頭を下げた。

慌ててとりつぐと、源斎はすぐに立ち上がって自ら迎えに出た。

「ちょうどよかった。今、小雪さんご夫婦とおせちをお祝いして、お神酒《みき》を呼ばれていたところです。どうぞお上がりください」

幣次と彩乃が入ると、茶の間はぎゅうぎゅう詰めになった。

幣次と彩乃が源斎の前に両手をついた。

「先生のおかげさまで、こうして家族そろってよい正月を迎えることができました」

源斎が親し気に答えた。

「気楽に行きましょうや。女将、酒だ」

喜久江がにっこりして盃を取りに立ち上がった。

にぎやかな宴《うたげ》が始まった。

「去年の正月に比べますと、まあ、今年は極楽でございます。小雪もいい婿を迎えることができました。おかげさまで荻野屋も安泰でございます」

幣次はそう言って喜久江を向いた。

「女将さんはいい娘さんをお持ちですなあ。小雪は会うたびに娘さんのことを話します。頭はいいし、優しいし、明るいし、それに何があっても動じない。月江さんはまあ、何というか、才色兼備、源斎先生の弟子になったら、立派なお医者になれますなあ。祇園の女医者ですよ」

みんな笑ったが、喜久江の顔だけはこわばっていた。

「かなんわー、それは買いかぶりどす」

月江は首を横に振った。

すぐ彩乃が口をはさんだ。

「いいえ、本当です。旦那様は人にお世辞などおっしゃる方じゃございません」

それから坐り直して続けた。

「実は私、お詫びを申し上げなければなりません。月江さんが来られないようにしようと、人を頼んで嫌がらせをしたことがございます。どうか、堪忍してくださいませ」

彩乃は月江を拝むように両手を合わせた。

「でも、それにもめげずに月江さんは通ってこられました。今となっては、何と気丈夫な方かと感心しております。私のしたことをどうかお許しください」

月江は答えた。

「お気持ちは痛いほど胸に届いております。どうぞ、済んだことでございますし、お気になさらんといていただけますか」

続いて彩乃は母親の方を向いた。

「女将さんにも、お詫び申し上げます。女将さんの方にも嫌がらせをさせました。本当に浅はかでございました。申し訳ございません」

「そうどしたか……けど、行き違いは世の常とちゃいますか。ご内儀様がおられますからこそ、荻野屋さんも繁盛して、こうして小雪様も幸せになられたやありませんか。ねえ、旦那様」

喜久江は静かにそう言って幣次を向いた。

「すべて、私の不徳から出たことです。彩乃の罪は私の罪。どうぞお許しください」

幣次が深々と頭を下げた。

四人を送り出すと、茶の間は静かになった。

喜久江がしみじみとした口調で言う。

「源斎はんを見なおしましたえ。人助けをなさってることは、ようわかってましたけど、あの荻野屋の旦那さんの喜びよう。ほんまにびっくりさせられましたわ」

源斎が子どものようにはにかんだ。

「月江がうまく小雪の心をほぐし、癒したからなあ。あんなことは普通の者にはできないことだ。これは月江がお客にもまれて苦労して、しかも学問があったからこそできたことだろう。現夢和尚のおかげでもある。学問というのは謙虚に忍耐強く、人の気持ちを深いところまでわかって、世間につくすためにある」

母親がじっと源斎を見つめた。

「月江が学問できたのも、源斎はんのおかげ様どす」

やおら母親が両手をついた。

「どうぞ、今年もまた去年のように、月江をおそばで使うてやってくださいませんか」

月江は自分の耳を疑った。

源斎も信じられないという風に目を丸くして、喜久江を見ている。

源斎は居住まいを正した。

「よいのだな」

月江は弾《はじ》かれたように母親を向いた。

「ほんなら、もう新町の旦那様にお世話にならんでも、よろしおすのやね？」

「もちろん、そうどす」

母親が力強く答えた。

源斎がいぶかし気に訊ねた。

「何の話だ？」

喜久江は、

「なんでもございません」

とすっとぼけた。

よし屋の茶の間に、源斎の歌声が響き出す。

「宝引きしょ　宝引きしよと　帆綱引っかけ宝船曳《ひ》いて来た」

月江が立ち上がり、声に合わせて踊り出した。


（終わり）

解説　歴史小説と精神医学小説の融合というウクロニーの新境地

岡和田晃（文芸評論家・現代詩作家、東海大学講師）

本書『祇園「よし屋」の女医者』は、歴史（時代）小説でありながら、同時に精神医学小説でもあるという、まこと特異にして贅沢な逸品である。頁を繰っていただければおわかりのように、一読、読者を摑んで離さないリーダビリティ（読みやすさ、理解しやすさ）が確保されている。

時代はいつか。本文に「江戸湾は露西亜船が来襲するかもしれんということで緊張している。露西亜船打ち払い令も発令されている」とあることから、舞台は一八〇七年頃の京都だとわかる。ヨーロッパがナポレオン戦争という動乱の最中にある一方で（ロシアとフランス、そしてプロイセンとフランスの間にティルジットの和約が、この年には結ばれている）、京都の風景も、変化の兆しに覆われつつある。

視点人物の月江が暮らすお茶屋の「よし屋」は一七五一年創業で、五十年以上の歴史があると本書では説明されている。言うまでもなく、祇園は日本を代表する花街として、現在でも知られている。明治維新が一八六八年ということを思い起こせば、ちょうど、物語はよし屋の創業を起点として近代化に至る一世紀の、折り返し点にあたると言えるだろう。

本作で月江は重要な選択に迫られる。それは、母・喜久江の希望どおり、実家のよし屋を継ぐか、それとも医者の小島源斎に師事して医師の道を歩むか、という二択である。月江の本心としては、学問を続けたい。けれども、家の事情がそれを許さない。

引き裂かれる月江の導き手となるのが、現夢和尚であった。和尚は「不昧因果」の教えを説く。因果を超えるために、あえて因果を受け止めるという禅の思想で、東洋哲学の影響を受けた代表的なロックバンドであるザ・ビートルズの代表曲「レット・イット・ビー」（一九七〇年）を想起してもらえばわかりやすいだろう。「知恵ある言葉を語る。すべて、あるがままに」というわけだ。

――ここでビートルズの名前を出したのは、ゆえなきことではない。というのも、本書の著者である藤元登四郎は一九四一年生まれ、ビートルズの時代である一九六〇年代にはすでにSFやジャズ、ロック等のカウンター・カルチャー（対抗文化）に親しんでおり、東京大学医学部を経てパリへ留学、フランス精神医学を勉強し、アンリ・エーの研究を始めた。一九七三年に帰国してからは地元の宮崎県都城市で精神科医として実務につき、豊富な臨床経験を有したという経歴の持ち主だからだ。

精神分析理論や現代哲学を応用したSF文学の評論の仕事でも定評があり、一筋縄ではいかないアメリカのSF作家フィリップ・K・ディックを論じた「『高い城の男』――ウクロニーと「易経」」（「S‐Fマガジン」二〇一一年七月号）で第六回日本SF評論賞の選考委員特別賞を受け、『シュルレアリスト精神分析　ボッシュ＋ダリ＋マグリット＋エッシャー＋初期荒巻義雄／論』（二〇一二年）、共著『北の想像力《北海道文学》と《北海道SF》をめぐる思索の旅』（二〇一四年）、『〈物語る脳〉の世界――ドゥルーズ／ガタリのスキゾ分析から荒巻義雄を読む』（二〇一五年）で、それぞれ日本SF大賞の最終候補にノミネートされている。

ただ、ここでSF、という言葉が出てきて面食らう方もあるかもしれない。一見して本書は、宇宙工学のようなハード・サイエンスとしての大枠を用いた科学小説《サイエンス・フィクション》ではないからだ。けれども、ソフト・サイエンスを用いた思弁小説《スペキュレイティヴ・フィクション》として読むことは充分に可能である。

藤元自身が翻訳したフランスのSF研究者ステファンヌ・マンフレドの『フランス流SF入門』（邦訳二〇一二年）によれば、スペキュレイティヴ・フィクションとは、カウンター・カルチャーの旗手であるジャック・ケルアックやアレン・ギンズバーグらビート・ジェネレーションの作家や詩人たちの問題意識の延長線上で、美に対する革命を目指したものだ。「伝統的表現方法をすべて捨て去った作家たちは、文体をあらゆる束縛から解き放ち、小説のもつ構造を解体する」ことを目したものだろう。

むろん、本書は実験小説の体裁をとってはいない。むしろ、スペキュレイティヴ・フィクションであるマイクル・ムアコックやサミュエル・R・ディレイニーら、英米の作家の問題意識に近い。すなわち、親しみやすい物語の裏に、別な意味性を込めるというやり方である。

藤元のデビュー評論では「ウクロニー」がテーマになっていた。マンフレド曰く、ウクロニーとは、現実の歴史的事項を——一種の並行世界《パラレルワールド》として——少しだけ変える物語形式のことである。藤元が偏愛するディック作品はもとより、アメリカのSF作家L・スプレイグ・ディ・キャンプが、六世紀のローマで技術の進歩を加速させるという思考実験を描いた小説『闇よ落ちるなかれ』（一九三九年）等が、その実例である。つまり本作で描かれる舞妓にして女医という月江の人物設計は、本書がスペキュレイティヴ・フィクションの実作としてのウクロニーになっていることを、示唆しているのである。

実のところ、本書を書くために、藤元は膨大な量の習作を残している。私が知っているだけで、本書を仕上げるために作家は五年の歳月を要しており、本書よりも分量的には勝るとも劣らない長編小説が少なくとも六本、書き上げられていた。いずれも現代の女医が「心の病」の治療にあたるという内容なのだが、患者の精神世界はそのまま、人間社会の歴史の並行世界へと平滑的に接続され、両者の間に階層《ヒエラルキー》は存在しない、という内容が綴られていた。そして、両者をさりげなく取り結ぶのは、禅をはじめとしたカウンター・カルチャーの思想なのである。

そうした習作群で綴られていた内容を凝集させ、アマチュアリズムを排して効果的に描き直すため、わざわざ都城から京都まで藤元は「上京」し、京都のなかでも古い花街が残る上七軒に居を構え、京都の文化を取材し、肌感覚で捉えようと試みた。その意味で、本書は功成り名遂げた名士の「余技」では断じてない。いつでも藤元は「本気」なのである。

さりげない描写に、京文化への敬意が込められている。なぜ京都なのか、との疑問を本人に直接ぶつけてみたが、藤元は「永井荷風を私淑しているからです」と嘯《うそぶ》いていた。けれども私としては、むしろ、明治期に敗残の旅役者に同道して北海道を放浪し、その経験を綴った後で大正期に祇園の小説で名を馳せた作家・長田幹彦《ながたみきひこ》に似た移動の軌跡を、そこに読み込みたい思いでいる。

本書の輪郭をより明確にするため、試しに思想史的な文脈で読んでみよう。月江の導き手となる源斎も現夢も、お茶屋であるよし屋へ顔を出すくらいには俗物性のある人物で、だからこそ浮世の喜びや哀しみへの共感性を有している。ドイツ観念論を代表する哲学者イマヌエル・カントは、『純粋理性批判』(一七八一年)で人間の認識能力を理性、感性、そして両者の「中間点」にある悟性に区分したが、本作をその図式に当てはめると、源斎は理性、よし屋は感性、現夢は悟性の領域に相当する。このトライアングル(三角形)が本作の基本構造で、それぞれがバランスよく描かれていることこそが、本作のリーダビリティを生み出しているのだ。

こうして月江は、自らの内面を欺くことなく則《のり》に従い、よし屋でOJT(オン・ザ・ジョブ・トレーニング)として舞妓の修行をする。傍ら、杉田玄白と前野良沢『解体新書』(一七七四年)

の改訂に挑む大槻玄沢の弟子である開明的な医師・源斎のもと、貴重な医学書の書写を任され、二足の草鞋《わらじ》を履くことになる。そこに、生糸問屋である荻野屋の娘・小雪が「狐憑き」になったという主人から相談が持ち込まれる。源斎は「狐憑き」だと言われている小雪の病の正体は「癲狂」だと診断するが、小雪は薬での治療を拒絶するため、まるで手がつけられない。源斎は途方に暮れるものの、そこで同行した月江がとる選択の妙、そして小雪が少しずつ変化していくプロセスこそが、本書における第一の読みどころとなっていく。

つまり読者はごくごく自然に、近世から近代への移行期において見て見ぬ振りがなされてきた――フランス現代思想を代表する哲学者ミシェル・フーコーが言うところの――抑圧されてきた「狂気の歴史」の内実を垣間見ることになるわけだ。それとともに、精神医学における支援者のあるべき姿をも学ぶことができる。

ただし、注意してほしいのは、本書における「狐憑き」や「癲狂」は、特定の「心の病」と一直線に繋がるものではないことだ。また、およそ「心の病」というものは、プロである医者と、そのクライアントである患者の関係をもって、すべてが完結するわけではない。両者を橋渡しし、医者が診られない間も患者と日常的なコミュニケーションをはかる、支援者の存在こそが必要不可欠なのだ。先述したカントの図式に倣えば、理性（医者）・感性（患者）・悟性（支援者）というトライアングルの確保が大事なのである。

本書において、月江と小雪は対照的な人物として語られる。狂気《ルナティック》と親縁的だとされる

「月《ルナ》」の名を持ちながら、月江は自らの暮らす世界に、理性・感性・悟性のトライアングルを併存させている。対して、座敷牢に閉じ込められ、無垢なる純白の雪を彷彿させる名に反して汚物に塗《まみ》れたまま放置された小雪は、支援者の不在、あるいは無理解によって、トライアングルを確立できずに、ひたすら症状を悪化させていたのである。

フーコーは、まとまった著作としての最初の著書『精神疾患と心理学』（一九六二）で、「錯乱した患者は時間の点でも空間の点でも見当識を失っており、その人の行動において連続性は絶えず途切れ、現在という瞬間の中に閉じこめられていて、他人の世界に行くために、または過去や未来に向かうために、その瞬間を超えることができない」（神谷美恵子訳を一部改訳）と述べている。まるで小雪の「狐憑き」や「癲狂」を説明しているかのようではないか。そして、「現在という瞬間に閉じこめられている」存在のあり方は、過去を書き換えるウクロニー性を体現した存在である月江の鏡像だ。そのため、「現在という瞬間」から小雪を連れ出せるのは月江しかいない、という理屈になる。

もう少し踏み込んだ考察を試みるため、藤元登四郎自身の評論「『ウィー・アー・クレイジー!?』究極の精神療法」（「季刊メタポゾン」第十一号、二〇一七年）を参照しよう。ここでは、「心の病」の内実が、聞き手の恣意的な価値判断やレッテル貼りを差し挟むことなく記述された稀有な聞き書きの実例、つまりは精神医学的な色のついていない書物として、佐々英俊・高松紘子の『ウィー・アー・クレイジー!?』（二〇〇四年）が評価されている。

精神医学における薬物療法には一定の効果が期待されるものの、他方で藤元曰く、「そもそも、人間の言語体系には、精神病の人々の実存的な単一的全体を表現できるようなものは存在しない」。にもかかわらず、現状の医療システムで発揮される類の理性は、「精神病の人々の人格や人生観や体験などを排除して、一般化することで成立」してしまっている。藤元によれば、「心の病」を理解するためには、それだけでは甚だ不十分で、患者と支援者が互いに誠実に向かい合い、「その人間全体」を捉えようとする必要があるのだ。

藤元は論文を、「精神病の人を真に理解するためには、その人の奇異で異質な世界の中に身を投げて、そこで共に実存的な体験をする必要がある」と強調している。では、その「実存的な体験」とはどのようなものでありうるのか。藤元が論じた『ウィー・アー・クレイジー!?』はノンフィクションであるが、一方のフィクションには何ができるのか。こうした問いに対する回答を、本書は慎ましくもはっきりと示しているのだ。

（おかわだ・あきら）

―――本書のプロフィール―――

本書は、書き下ろしです。

小学館文庫

祇園《ぎおん》「よし屋《や》」の女医者《おんないしゃ》

著者　藤元登四郎《ふじもととしろう》

二〇二一年一月九日　初版第一刷発行
二〇二三年八月二十九日　第三刷発行

発行人　石川和男
発行所　株式会社　小学館
〒一〇一-八〇〇一
東京都千代田区一ツ橋二-三-一
電話　編集〇三-三二三〇-五一三四
販売〇三-五二八一-三五五五
印刷所 ── 中央精版印刷株式会社

この文庫の詳しい内容はインターネットで24時間ご覧になれます。
小学館公式ホームページ　https://www.shogakukan.co.jp

ISBN978-4-09-406860-3